SV

Ulla Berkéwicz
Zimzum

Suhrkamp

Erste Auflage 1997

Satz und Druck:
MZ-Verlagsdruckerei GmbH, Memmingen
Printed in Germany

Zimzum

Der Gott sieht, sieht ein Nicht. Das er nicht sagen kann. Dasselbe Nicht sieht er, und ihn sieht alles an.

Daniel von Czepko

Ein Platz, Cafés und Bars. Tische und Stühle auf den Trottoirs. Leute, Autos, Kreisverkehr. Happy Hour, die Stunde nach dem Strand und vor dem Essen.

Eine Frau steht auf dem Platz. Die Autos fahren im Kreis um sie herum. Die Frau hat eine Hand im Ausschnitt, die andere unterm Rock.

Die Autos fahren Schritt, blockieren die vier Zufahrtsstraßen. Die Kellner stehn zusammen und bedienen nicht, die Leute haben aufgehört zu reden.

Die Frau trägt schwarze Sommerwolle, wie sie hier alle tragen, wenn sie nicht mehr jung sind. Die Hände der Frau bewegen sich, der Rock rutscht hoch, ein Ring blitzt.

In den vier Zufahrtsstraßen stehen Autoschlangen. Die Autos hupen, die Hände der Frau bewegen sich schneller, die Leute auf den Stühlen der Cafés und

Bars beugen sich vor, die hinten sitzen, stehen auf, die Autos stoppen, stoßen mit den Stangen aneinander.
Die Frau nimmt die Hände aus den Kleidern, die Autos fahren wieder an, die Kellner rennen los.
Die Frau geht über die Straße, die Autos hupen.
Dicke nackte Beine stehn nach Bier an, dicke Bäuche stoßen aneinander.
Die Frau geht auf die zu, die an den vorderen Tischen sitzen, und hält die Hand auf.

Eins

Das ist die Leere, sagt der eine Freund.

Horror vacui, sagt der andere.

Vakuum, sagt die eine Freundin, *der Bereich aller Möglichkeiten.*

Das ist doch was, sagt die andere.

Mit der Zeit ist nichts was, sagt der dritte Freund.

Am Nebentisch wird auch deutsch gesprochen, überall auf der Insel wird deutsch gesprochen. »Die Alte kommt jeden Abend her, wichst und kassiert«, brüllt ein Fleischnacken von dort rüber.

»Die sind noch ehrlich hier«, brüllt ein Turmschädel vom selben Tisch, »die lassen sichs noch wirklich kommen.«

Die Frau neben dem Fleischnacken packt ihr Fernglas weg, die neben dem Turmschädel ihren Fotoapparat.

Angesichts der Darbietung und ihrer schönen Präsenz, sagt der dritte Freund und stößt sein Weinglas um –

Der Himmel, schreit die dritte Freundin, springt auf und wirft das rote Haar zurück, *fällt einem nicht mehr auf den Kopf –*
– und angesichts derer, die hier so herrlich wehrlos ihrer Freizeit ausgeliefert sind, spricht der Freund weiter und wischt den Wein vom Tisch –
– der Boden rutscht einem unter den Füßen weg! schreit die Rothaarige.
– frage ich, der Freund gießt sich Wein nach –
Packeis! schreit die Rothaarige.
Grundsee, earthquake, ruft die eine Freundin von ihrer Stuhlkante, *big one, two, three!*
– warum taboo-cracking noch nicht Volkssport Nummer eins ist.

Auf der anderen Platzseite geht die Frau von Tisch zu Tisch. Sie hält die Hand auf, der Ring blitzt. Es wird dunkel. Neon flackert an.

Die Langeweile, nimmt der dritte Freund das Thema wieder auf, *ja, Herr Pfarrer Oberlin, sehen Sie, die Langeweile! die Langeweile! o! so langweilig, ich weiß gar nicht mehr, was ich sagen soll!* der Freund stöhnt und trinkt –
– ist die Vorstufe der Leere, spricht der eine Freund weiter.

Was aber ist die Steigerung, fragt die Freundin auf der Stuhlkante. *Ferien*, brüllt sie übern Tisch, *verschwitzte Touristen, veratmete Luft, leergetrunkene Gläser, holpernder Gesprächsstoff.*
Leere, sagt der eine Freund, *voll und fett.*
Leere voller Leereteilchen, sagt der andere Freund und zieht seine Rothaarige am kurzen Rock auf ihren Stuhl zurück, *Gespensterteilchen, Wolken aus Quarks und Antiquarks, dreihundert Photonen pro Kubikzentimeter, achthundert Neutrinos, Elektronen, Positronen, Myonen, Gluonen, Fermionen, Leptonen, Mesonen, Nukleonen, Bosonen, Hardronen.*
Die Leere frißt, schreit die Rothaarige und springt wieder auf, *das große Fressen, hier!* schreit sie und schlägt sich an die Brust.
Platz, sagt der Freund und reißt seine Rothaarige am Rock. *Die Leere*, sagt er, *ist grenzenlos –*
Die Leere war in Gott selber von je und je vorhanden, sagt die eine Freundin mit dem Kopf in den Händen –
– *und enthält unbegrenzt alles Vorhandene, das ohne Begrenzung entsteht und vergeht*, sagt der Freund, trinkt und greift seiner Rothaarigen ans Knie.
– *nicht außer ihm und nicht von ihm hervorgeru-*

fen, sagt die Freundin mit den Händen um den Kopf.

Die Schöpfung ist die Manifestation der Leere, sagt der Freund und schiebt seiner Rothaarigen die Hand zwischen die Schenkel, *das Nichts in Nichts,* sagt er, nimmt mit der andern Hand sein Glas und trinkt.

Los, kommt schnell, ruft die Freundin von der Stuhlkante, *sonst landen wir noch beim big bang –*

Die Schöpfung ist das Nichts, sagt der dritte Freund, stöhnt und trinkt. *Das Sein ist das Nichts auf die Art des Nichts, und das Nichts ist das Sein auf die Art des Seins.*

– *beim big crunch,* ruft die Freundin von der Stuhlkante –

›*Als ich das Nichts nahm wohl in acht*‹, lallt die Freundin mit dem Kopf auf der Rückenlehne –

Ein Vakuumphänomen, sagt der Freund und stößt zwischen den Schenkeln der Rothaarigen vor.

– ›*und mich darein ergeben*‹, lallt die Freundin und läßt den Kopf auf die Armlehne rutschen –

– *am dead point,* ruft die Freundin und wippt auf ihrer Stuhlkante.

– ›*ward ich zum rechten Ziel gebracht*‹, lallt die Freundin mit dem Kopf auf dem Tisch, ›*wonach ein Christ soll leben.*‹

Die Frau kommt näher, die Kellner feixen, die an den Nebentischen stehen auf und gehn.

Alles lenkt ab von der Leere, lallt die Freundin, hebt den Kopf vom Tisch, hält ihn fest, trinkt. *Trinken,* lallt sie, *essen, wünschen, wollen.*
Wichsen, ruft die Freundin von der Stuhlkante und wippt.
Nur wer die Leere voll auf sich wirken läßt, lallt die Freundin weiter, hält den Kopf weiter, trinkt weiter, *nur wer sich ganz der Leere öffnet, erfährt plötzlich, eines Tages mitten über Nacht ihre Umwandlung in Fülle, wird frei von Wunsch und Wülle,* lallt sie und läßt den Kopf los, *frei und leer.*
Leer, Leerer, Oberleerer, ruft die Freundin und fällt von der Stuhlkante.

Im Café nebenan hält die Frau die Hand auf, der Ring blitzt, die Leute zahlen nicht.

Haben sorgfältig konsumiert, sagt der dritte Freund, stöhnt und trinkt, *wofür sollen sie noch zahlen.*
Zynismus, sagt die eine Freundin und läßt den Kopf schütteln –

– *hält am Leben,* sagt die andere und krabbelt auf den Stuhl zurück –

– *paart sich mit Spießigkeit,* sagt der dritte Freund.

Das ist neu im Staate D., sagt der erste.

Timing ist alles, ruft die Freundin von der Stuhlkante.

Im Café nebenan ist Geschrei, Leute stehn von ihren Stühlen auf. Ein Kellner mit Pferdeschwanz und Raubtierschnauze packt die Frau und schiebt sie in eine Seitenstraße ab.

Leerlauf, sagt der Freund, zieht die Hand aus dem Rock der Rothaarigen und bestellt zwei Flaschen Rioja.

Die Leere, schreit die Rothaarige und springt wieder auf –

Der runde Platz fängt sich zu drehen an, lallt die Freundin und versucht den Kopf zu halten.

– *die Leere nachts, die Nachtleere,* schreit die Rothaarige, schwankt und hält sich am Stuhl fest –

Fülle die Leere mit Wein und sieh, wie draus Gestalten werden, sagt der Freund, *Goethe,* sagt er und gibt seiner Rothaarigen einen Klaps.

– *die kennt er nicht,* schreit die Rothaarige –
Ich bin ein Goethemensch, sagt der Freund.
Ich sage, der runde Platz fängt sich zu drehen an, lallt die Freundin und verliert den Kopf.
– *die wird er niemals kennen!* schreit die Rothaarige und zieht den Freund am Haar, reißt ihn am Ohr.
Wer nicht lieben darf, muß fressen, sagt der Freund, schützt mit der einen Hand seinen Kopf und greift mit der anderen nach den Kartoffelchips.
Angstgeladen ins Bett, prall vor Angst, als Angstbombe, das kennt er nicht! schreit die Rothaarige und tritt dem Freund gegen die Schienbeine und die Stuhlbeine. *Eine Tablette einwerfen und noch zwei und noch drei, das kennt er nicht!*
Von Vitamin Koks bis Vitamin Dirt, lallt der eine Freund.
Dirt, please! lallt die Freundin auf der Stuhlkante.
Und dann rutschst du aus, kippst ab, trudelst, die Rothaarige fällt auf ihren Stuhl zurück, *bis dich zwischen zwei und drei Uhr morgens der erste Traum rammt und dann vielleicht der zweite und dann vielleicht der dritte. Verbeult wachst du auf und liegst in der Patsche, und neben dir, neben*

mir! schreit sie, springt wieder auf und stößt den Freund vor den Kopf, *schnarcht das hier und wälzt sich furzend vom Nord- zum Südpol.*

Die Leute in den Cafés und Bars machen Gaunergesichter, recken die Hälse, heben die Hintern.

Aber für mich kommt dann der Todkampf, der allnächtliche Nachttod kommt, der Flutsch, schreit die Rothaarige weiter, *den kennt er nicht, für den ist er zu fett!* schreit sie und schlägt dem Freund die Kartoffelchips aus der Hand, strauchelt, fällt auf den Stuhl zurück, schreit weiter: *Gekrochen kommt der, angekraucht, sabbert, saugt und flutscht nach mir, flutscht in mich ein durch meine Flutschlöcher und flutscht mich zu mit meiner Einsicht in meine vollkommene Unfähigkeitsbegabung. Alle meine Versager flutschen durch mich durch, mein Äußeres verhunzt, mein Inneres stülpt sich nach außen, ist rot und roh und brennt mir durch. Inzwischen hat der Flutsch den Faden durchgeflutscht, der mich bis eben noch mit mir und meinem Bett, dem Haus, dem Baum vorm Haus verbunden hat. Ich nagle mich an mein Bettkreuz, schrumpfe, kruste, klebe am Leinzeug, bis der Teufel kommt und mich in den Tag reitet.*

Wieso der Teufel, fragt der Freund und grinst.
Die Rothaarige schlägt ihm ins Gesicht und rennt weg, die Freundin rennt ihr hinterher und hält sich den Kopf.
Sie verträgt nicht viel, sagt der Freund und gießt sich Wein nach.

Zwei

Nach kurzem haltlosen Alkoholschlaf liege ich wach in der Nacht, an die Kissen gekrallt. Nacht, wach, überwach.
Das Hotel steht am Meer. Ab und an klatscht eine lasche Welle auf den Sand. Es gibt keine Stimmen mehr, niemandem fällt der Löffel aus der Hand.
Die Dunkelheit reicht bis zur Wand, hinter der die Freundin sich noch im Schlaf den Kopf hält, damit der sie nicht weckt mit seinem Schütteln. Die Wand fängt an zu laufen, verläuft sich in die nächste Wand, atmet sich in die Decke fort, schlägt über auf die dritte Wand, erfaßt den Boden, hat die vierte. Alle vier Wände, Decke, Boden, atmen alle mit mir zusammen, das ganze Haus schlägt meinen Schlag.
Ich sehe auf die Uhr, es ist zwei. Es ist zwei, sage ich laut. Ich spreche laut mit mir, seit ich mit mir spreche, probiere meine Stimmen aus, lasse die Stimmen mit schwarzem Stift weißes Papier aufkratzen, bis es reißt. Ich lebe allein, da macht sich die Stille stark.
Die Leere, würde die eine Freundin sagen, worauf

die andere sagen würde: Die Angst, so daß die Rothaarige sagen könnte: Die leere Angst, Hotel am Meer, Wein, gutes Essen, Freunde, Unterhaltung.
Die Rothaarige und der eine Freund leben zusammen allein, der andere Freund lebt auch allein, der dritte auch, die eine Freundin auch, die andere auch.

Aber die, sage ich laut, die sind doch meine Leute! Ich spreche immer lauter mit mir, seit ich laut mit mir spreche, es kommt vor, daß ich mit mir schreie, wie mit einer, die schwer hört. Aber ich, schreie ich, muß meine Leute oft zu lang erwarten, eh sie kommen, und bleibe oft zu lang alleine, wenn sie wieder gehn, und weiß zu oft nicht, ob ich noch erwarten kann, daß überhaupt noch welche kommen, und wenn noch welche kommen, weiß ich immer, daß sie wieder gehn.
Und wenn sie kommen, meine Leute, kenn ich sie nicht, weiß nicht, wer mir ins Haus kommt, einfällt, besetzt, mich einnimmt, über mich verfügt. Diejenigen, die altes Wohnrecht bei mir hatten, sind längst vertrieben, kaum einer wird mehr zugelassen, der von der Straße kommt. Das Telefon wird blockiert, die Klingel abgestellt, die Post bleibt im Kasten.
Und wenn sie da sind, will ich, daß sie bleiben, biete

alles auf, bewerbe mich um sie. Die einen lassen mich schon nach den ersten Sätzen oder Seiten stehn, den andern zeig ich meine Wohnung, den vorderen und den hinteren Balkon, erkläre den Blick auf meine Stadt, erzähle von den Nachbarn, preise die Wasch- und Einkaufsmöglichkeiten, stelle nach hundert Seiten eine gemeinsame Reise in Aussicht, nach Teneriffa, Bora-Bora, auf die Fidschis, koche, backe, biete, was ich habe, und frage in der Nacht, nachdem ich mir den Mut dazu ertrunken habe, ob sie bleiben.

Und wenn sie bleiben, schlafen sie in meinem Bett, sitzen an meinem Tisch, trinken aus meinem Glas, ich lerne ihre Sprache, sie schreiben mit meiner Hand. Wir leben miteinander, streiten uns, versöhnen uns, es ist auch schon vorgekommen, daß wir uns geliebt haben, es ist auch schon vorgekommen, daß wir uns bis zum Wahnsinn und mit Messern –. Es ist vielleicht schon alles vorgekommen.

Und dann ist alles aufgeschrieben. Sie geben mir den Stift zurück, und ich verstehe sie nicht mehr. Sie schieben mein Glas beiseite, stehn vom Tisch auf. Ich kriege Angst, ich weiß, was kommt. Ich habe mich an sie gewöhnt, ich klammre. Sie werden blaß, ich hole Schminke, sie werden undeutlich, ich nehme den Konturenstift.

Und dann und dann. Dann sitze ich allein am Tisch, streiche, mache die Striche wieder auf, klammre ein, klammre aus, male Männchen an den Blattrand. Glotze zum Fenster raus, sehe ihr Tuch in einem kahlen Baum, ihren Ring an einer fremden Hand.

Ich friere. Dir ist kalt, sage ich, elend, wie allen Säufern in der zweiten Nachthälfte. Ich habe mir angewöhnt, mich zu duzen, wenn ich mich niedermachen muß, duze mich wie meinen Deppen, markiere meinen Arzt im Irrenhaus: Mußt ruhig atmen, deinen Körper ruhig halten wie eine Tasse Milchkaffee, die bei Bewegung überschwappt. Oder mußt aufstehn, durch die leeren Gänge treiben, der Nachtmensch am Empfang schläft kopfaufarm, sabbert Speichelteiche, die offenen Tagestüren sind verschlossen nachts. Du mußt dich durch die Drehtür drehn, dich rausdrehn, umdrehn, um dich selber drehn, damit du nicht zu Blei erstarrst, eine zufällige Figur, nicht in einer Silvesternacht gegossen, aus dem bleiernen Morgen getrieben. Du überdrehst, du strauchelst, fällst, denn draußen über die Meerferne steigt der Inselmorgen, treibt hinter deinem Rücken auf dich zu, und vor dir klotzen Betonbauten, vom ersten Grauen ins Babelhafte überhöht. Ein Morgenmensch joggt an dir vorbei. Du hast geschrien, als du fielst, er hats gehört. Er fragt dich: Worum gehts? Du sagst: Es geht um nichts.

Und sagst nichts mehr. Und spielst »Waswärewenn«:
Sich fürchten, man käme in diesem Nachthotel bis an sein Ende. Man hat gesoffen, hat sich wundgeraucht, zielt weiter Zug um Zug auf seine Wunde, trifft. Man hat nichts mehr zu rauchen, greift auf sich zurück, sucht sich nach sich ab, greift sich an, greift auf sich über, in sich ein. Der Körper tuts nicht, er blockiert, hat sich erschöpft.
Was wäre, wenn? Wer, wenn ich riefe, hörte mich denn? Wer käme mir zu Hilfe, wenn ich schriee?
Ich stehe auf, gehe raus auf den Balkon, setze mich auf einen Plastikstuhl. Feindselig hängt mein lila Badeanzug überm Balkongeländer.

Was wäre, wenn ich die Freundin riefe, die nebenan schläft, die noch im Schlaf den Kopf hält, damit der sie nicht weckt mit seinem Schütteln?
Die Freundin hat mir ihr Tagebuch gegeben. ›Mach was aus meinem Leben, schreib es um‹, hat sie gesagt. Sie lispelt, die drei scharfen S sind mir in die Gehörgänge gezischt und haben sich dort eingeritzt.
Sie sagt, das Schütteln rühre von einer Herz- und

Hirnentzündung, die Freunde meinen, es sei ein Schreckschlag gewesen, ich glaube, es ist ein Einsamkeitsschütteln, eine Notbewegung gegen ihr unbewegtes Umfeld.

Seit ihr Geschäftsmann sie abgefunden hat, lebt sie allein. Wenn sie im Winter drei Monate im Süden ist, baut sie sich Leute, die bei ihr stehen, sitzen, liegen, aus ihren Fenstern starren, Tonleute, rote rettungslose Riesen. ›Haben den einen Blick aufs Meer, den andern auf die Wildnis, aus der Esel schrein, das nächste Dorf ist leer, der nächste Nachbar wohnt woanders, die Mandeln, die dort wachsen, sind zu klein, Affenbrot kauft keiner mehr, Feigen machen fett, wer will schon den ganzen Tag Schafskäse fressen!‹ Sie hat das leere Dorf besetzt, hat ihre Leute dort in die Betten gelegt, an die Tische gesetzt, vor die Kamine, auf die Türschwellen. ›Die scheren manchmal aus‹, hat sie gesagt, ›die wollen manchmal nicht, wie ich will.‹ Wir telefonieren manchmal nachts, klickende, klackende Ferngespräche gegen die Dunkelheit und Stille.

›Nachts rufst du alle an, die wach sind nachts‹, hat mir die Rothaarige gesagt, ›und weil die alle dann besetzt sind, weil die dann alle anrufen, die wach sind, rufst du die an, die schlafen, Exmänner und Exfrauen, die neben andern liegen, statt neben dir. Du hörst ihr Hallo, die alte Stimme tritt eine Bilderkette von alten Stimmungsbildern los, das Hallomesser fährt in deine leere Mitte, bis es so tief sitzt, daß dus den Rest der Nacht da nicht mehr rauskriegst. Dann wird am andern Ende aufgelegt, der Stillepuls schlägt aus dem Draht, der nicht mehr leitet.‹

›Die scheren manchmal aus und schlagen los‹, hat die Freundin gesagt und mir damit das Bild von Riesen eingegeben, die als Armee des Kaisers Quin Shi über die nächtliche Hälfte des Erdballs trümmern, roh, rot, schlitzäugig, humorlos. ›Die trümmern‹, mußte ich hören, klick, ›aufeinander ein‹, klack, ›vielleicht ein bißchen Eifersucht im Spiel‹, klickklack.

Aber ich habe ihr Tagebuch gelesen und weiß, daß ihr Geschäftsmann sie verkauft hat, daß die Geschichte zu billig und verraten ist, daß nichts aus ihr zu schreiben ist, auch wenn sie sagt, daß ihr von seinem letzten Auftritt der Kopf ins Schütteln und die Zunge zwischen die Zähne geraten sei.

Die Rothaarige hat mir erzählt, daß sogar gestandene Schauspieler ins Lispeln gefallen und von der Bühne gestürzt seien, auf ewig ihres S verlustig, weil sie im falschen Licht sich nicht mehr orten konnten als jemand, der auf der echten Bretterbühne steht.

Aber ich habe ihr Tagebuch gelesen und weiß auch von der anderen Geschichte mit dem andern Mann, der seinen Auftritt nach dem Abgang des Geschäftsmanns hatte. Ein Geheimmann, ein verbotener, verheiratet, Kinder, einflußreich, stadtbekannt, vielleicht sogar der Bürgermeister. Einer, der montags und donnerstags bei ihr auftritt, einer, der Blumen schenkt und zwei-, dreimal pro Jahr mit ihr verreist. Kurze Reisen, ferne Länder, Hektik, Heimlichkeit.

Ihre Wohnung hängt voller Mannsbilder, mythische Blake-Körper ohne Gesicht, die Tag- und Nachttische stehn voller Blumen, die Bettschublade ist vollgestopft mit harten dicken Dingern, starken Batterien.

Aber weil ich ihr Tagebuch gelesen habe, weiß ich, daß sie montags und donnerstags ab Mittag säuft, abends um sieben zwei Halcion einwirft, Paxwax in die Ohren steckt, eine mind machine auf die Augen setzt, eine Wärmflasche zwischen die Schenkel klemmt und sich in Schlaf heult, weiß, daß die kurzen Reisen in die fernen Länder auf lausigen Workshopmatratzen enden, mit viel Tantratamtam und Selbstfindungsgeschrei, und weiß, daß dienstags und freitags Arme voller Blumen kommen, ein Dauerauftrag, wird von ihrem Konto abgebucht.

Die Freundin, die noch im Schlaf den Kopf hält, damit der sie nicht weckt mit seinem Schütteln, hat sich die Ohren zugestopft und hört nicht, wenn ich schreie, die andere Freundin schläft mit Walkman, der eine Freund ist Arzt, hat zuviel Hilferufe gehört, ist taub auf der Frequenz, der andere schnarcht seine Rothaarige zu, sein Schnarchen besetzt mir den Balkon, fetzt in die Nachbarzimmer, rammt sich in fremde Träume, so daß die von Vernichtung handeln, der dritte Freund läuft durch sein Niemandsland, sucht Absprung.

›Manchmal‹, hat mir der dritte Freund, der Lieblingsfreund, gesagt, ›ist die Leere in mir, und manchmal ist sie um mich, wer von mir ist besser dran? der sie in sich oder der sie um sich hat? Und manchmal‹, hat er gesagt, ›ist sie in mir und um mich.‹
Er spricht viel, stöhnt viel. ›Mir fehlt der Saft, das grüne Licht‹, stöhnt er. Jeder strengt sich an, ihn zu verstehn, beugt sich vor, sieht ihm auf den Mund. Seine Zähne sind schwarzgefaulte Trümmer im Nachkriegsberlin, schwarzgefrorene Kohlstrünke im Winterfeld. Er verweigert sich dem Zahnarzt, der Mutter, Schwester, dem Frisör. Er verweigert sich frischer Wäsche, Dusche, Nachtschlaf, Alkoholpausen. Anschläge aufs eigne Leben nennt er das. ›Ich

sterbe mich gründlich‹, sagt er statt: ich töte mich täglich. Er hat einen grauen Kopf, einen gebeugten Rücken und eine Glockenbrust. Die Masse der unterdrückten Schreie mache sich bei ihm seit einiger Zeit als Brustbuckel bemerkbar, hat er gesagt und hat gelacht, das meckernde Gelächter der Intellektuellenköpfe, ›die ihren eigenen Verstand nicht mehr ertragen und dauernd Ätze produzieren müssen, Ätze nach innen kippen‹, hat er gesagt, ›damit der sich zersetzt. Je lichter, je kälter, je leerer‹, hat er gesagt und sich gebogen vor Lachen. ›Zynisch‹, hat er gefragt, nachdem ich zynisch gesagt hatte. ›Richtig‹, hat er gesagt. ›Die Zyne, liebe Freundin, akribisch auf sich selbst gerichtet und unermüdlich angewandt, zersetzt schlußendlich noch den letzten Rest der eigenen Epiphyse.‹ Er ist Schweizer, und Worte wie schlußendlich benutzt er gern. Es nimmt mich wunder, sagt er auch gern. ›Es nimmt mich wunder‹, hat er gesagt, ›ob ich bin oder nicht bin. Bin ich oder bin ich nicht‹, hat er gebrüllt, sich ausgeschüttet vor Meckergelächter und schließlich: ›Ich bin nicht der Ichbin‹ gesagt und schließlich gefragt: ›Und was ist die schiefe Wurzel draus?‹ und schließlich geantwortet: ›Ich werde nicht.‹
Er bekommt Librium, kurweise, das macht ihn partiell impotent. ›Partielle Impotentia generandi plus

generelle Mutation zur Femme‹, hat er gesagt. Er habe seine Freundin verlassen, ›ein Akt der Konsequenz‹, hat er gesagt, denn seine Schultern würden schmal und kippten ihm nach vorne weg, die Hüften lüden aus, würden pastös, ›Gynäkomastie, Hodenatrophie, und damit nicht genug‹, hat er gleichgültig quasi, doch um Genauigkeit bemüht, gesagt, ›Penisluxation‹, sein Geschlecht zöge sich in sich selbst zurück, es bilde sich ein Loch, bohre sich ein Kanal, eine Gracht, eine blinde Röhrenfistel durch seinen Unterleib.
Er ist Regisseur am Theater, überspannt sich bei den Proben, bis er reißt, verschellt, meldet sich nach Monaten und Jahren der Verschollenheit zurück: ›Als toter Embryoplast aus einer Uterusruptur.‹

Und wenn ich runterginge, den Nachtmenschen weckte, sagen würde, meine Lieblingsfreundin wäre krank, und wenn der mir die Tür aufschlösse, und wenn die Lieblingsfreundin auf dem nackten Bett, und wenn ich ihr die Walkmanstöpsel aus den Ohren –? Würde sie sich einmal um sich selber drehn, von Citter faseln, einer jungen Dschinn auf system program 9, und sich mir rosig machen.
Sie arbeitet fürs Fernsehen, stellt Wracks vor, hat höchste Einschaltquoten. Einem, der nur noch Kopf

und Kragen war, ein Kettenraucher, Rauchallergiker, dem erst der eine Fuß und dann der andere, dann ein Bein, dann das andere, dann Finger, Hände, Arme abgenommen wurden, riet sie, das Ding, an dem er hing, das er für sich erfunden hatte, das ihm die Zigarette aus der Schachtel zog, zwischen die Lippen schob, ansteckte, rauszog, reinschob, beim Patentamt anzumelden. Noch vor der Sendung handelte sie eine prozentuale Beteiligung am Gesamtgewinn aus und ist seither saniert. ›Tausende‹, sagt sie, ›geben Tausende, um ihre schwarzen Rauchertorsi an so ein Ding zu hängen.‹

Sie rapt, wenn sie spricht, sieht gut aus, starrt weichen Frauen nach, lädt mich gelegentlich in ihre Wohnung: ein Stuhl, ein Tisch und jede Menge Hardware, VR-Gerätschaft, Wirklichkeitsmaschinen. Sagt: ›Technik statt Lyrik‹, sagt: ›screening, scrolling, gadgeteering‹, grinst, packt mich aus, patscht mich an und sagt: ›adventure games‹. Faselt von autonomen Wesen in fairyland auf system program 3 bis 9, sagt, mein Realitätsnetz wiese schöne große Löcher auf, drückt mir den Hebel in die Hand, das Knie zwischen die Beine, sagt: ›unmarked space plus joystick‹, beißt mir ins Ohr, sagt: ›dangerous secret play‹, sagt: ›Loslassen, fallenlassen, einlassen!‹ bietet mir ihre Cyberbrille an, hört nicht, wenn ich ihr sage, daß ich Fußpilz habe, Handpilz, Kopfpilz, Lust auf Schokoladenpudding, zieht die Handschuhe an, stülpt den Kopftracker über, düst los und läßt mich sitzen. Ich sage, hast du was zu trinken, ich sage, gehn wir was essen, ich sage, gute Nacht, und sie sagt: ›search and replace.‹

Und was, wenn ich die Nummer des Arztfreunds wählte? Der hat sein Telefon blockiert, hat seinen Piepser abgeschaltet, stakst als Kondor über sein nächtliches Schlachtfeld, pickt hier ein bißchen Hirn und da ein bißchen Herz, füllt sich und schüttelt das Gefieder, wenn die Krepierer Hilfe kreischen.
Werktags horcht er Patienten aus, füllt sich mit Anamnesen, nährt sich von Traumen, schlingt Miseren, weidet Beziehungskisten aus, ist Schlucker mit Tendenz zur Dosissteigerung, verfällt am Wochenende, wenn der Stoff ausgeht, bedient sich gegen den Verfall aus seinem Medizinschrank.
Er betreibt eine neurologische Praxis, in deren Wartezimmer ein Endlosband seiner Klavierimprovisationen läuft. Er spielt gern vor, mietet Säle, kauft Sänger, lädt Patienten ein. Ärzte sind musikalisch wie Juristen.
Er lebt beziehungslos, geht aus und treibt sich um, lauert, giert, sackt ein, zahlt bar zurück mit Arztge-

heimnissen. Er lacht. Hat sich das Lachen vor Jahrzehnten aufgesetzt und kriegt die Maske nicht mehr runter.
Ein lachender Kondor stakst über seine Pampa und lacht sich weg. Da kann ich ruhig schreien.

Und wenn ich über die Trennwand auf den Balkon der Freunde rüber und durch das offene Fenster in deren Doppelzimmer stiege?
Die Rothaarige und ihr Schnarcher lägen voneinander abgewandt, sie dünn und sehnig am äußersten Bettrand, er im Restbett, nackt und fett.
Er frißt gern, säuft gern. ›Räusche, Kreuzfahrten‹, sagt er, ›am Quantenhorizont.‹ Er ist Physiker, stellt Feldtheorien über die Strukturen des Vakuums auf, behauptet, das Vakuum sei überall, verknüpfe die Mikro- mit der Makrowelt. Er liebt das Ballett und hält seiner Rothaarigen die Stange, obwohl die nicht mehr tanzen kann.
Die Rothaarige mit dem Tänzerinnengesicht, dem zusammengekniffenen Hintern, dem Viertepositionsgang, hat ihren Tanzkörper von Theater zu Theater auf klassische Weise in Grund und Boden getanzt, brauchte mit dreiunddreißig eine falsche Hüfte, mit vierunddreißig zwei falsche Knie, hat seither einen Modeladen, vier Schaufenster, zwei Ange-

stellte. Rothaarige werden früh alt, ihre Haut hat Falten, Flecken. ›Sie zersetzt sich‹, sagt der Physikfreund.
Die Rothaarige ist nicht gesund, der Physikfreund ist krank. Sie hat ein Tropfenherz, klein, spitz und leicht verschieblich, ›suspended heart‹, nennt er sie zärtlich. Er hat ein Fettherz, der Herzbeutel ist vergrößert, die Muskelmasse hat sich reduziert, an ihrer Stelle wuchert Fett, ›Herzsack‹, sagt sie zu ihm.
Er träumt, er sei Randfigur eines fremden Fettsystems. Als Knirps, als Wicht, als Zappler hinge er an seinem Fettsack fest. ›Fettsäcke‹, sagt er, ›werden bis eineinhalb Zentner schwer.‹ Er träumt, schnarcht, hört nicht, wenn ich schreie, und sie ist von ihm zugeleibt, hat kein Sensorium für Außenreize.

Der Physikfreund kennt die Rothaarige noch vom Theater, der Lieblingsfreund auch, die Rothaarige kennt den Arztfreund aus der Sprechstunde, der Arztfreund kennt die Lieblingsfreundin als Partygast, die Lieblingsfreundin kennt die Freundin, die noch im Schlaf den Kopf hält, damit der sie nicht weckt mit seinem Schütteln, von einem Konzert des Arztfreunds, daher kennt auch die Rothaarige die Lieblingsfreundin, der Lieblingsfreund den Arztfreund und der Physikfreund die Freundin, die noch

im Schlaf den Kopf hält, damit der sie nicht weckt mit seinem Schütteln.
Man geht ein-, zweimal in der Woche miteinander essen, besucht gemeinsam Vernissagen und Premieren und fährt gelegentlich in Urlaub, war schon auf Teneriffa, Bora-Bora und den Fidschis. Man hält sich bei mir auf, man schreibt sich ein.
Und? Was wäre, wenn was wäre? Nichts wäre.

Ich wickle mich zurück in meine Decken, ich ziehe in mich selbst zurück, zurück ins Kind mit seiner Nachtangst, dem Kindergrauen, der Dielenboden bräche weg, die Küste und das ganze Land, die ganze Wirklichkeit der Eltern, Onkel, Tanten: ein jaulender hohler Ton, und das Großmutterbett neben mir triebe in die Leere ab, nur der saure Notgeruch ihres Körpers wehte ihr noch nach. Die Leere schlüge an mein Eisenbett, schwappte über die Matratze, schlüge über mir zusammen.
Aber sie ließen mir ja den Einschlafspalt, den Lichtspalt, die Türe blieb einen Spaltbreit offen, ein Lichtstreif fiel auf den Boden und blieb dort zuverlässig liegen. Nebenan hatten die Eltern Besuch.

Ich lag in meinem Eisenbett, an dessen Stäben ich mich halten konnte, auch wenn der leere Fluß wieder und wieder über seine Ufer trat, mich mit sich riß durch Brücken, über schwimmende Felder, versunkene Städte, überschwemmten Wald, um Tannen- und um Kirchturmspitzen und übers Weltende hinaus in den leeren schwarzen Raum, in den diese Flüsse münden und von dem die Großmutter sagte, es sei der Gottesraum ohne Ende. Aber mir wurde schwindlig, wenn ich ›ohne Ende‹ denken wollte, und der liebe Gott war mit seinem Bart an seinem Thron festgebunden, so daß ich mich weiter an meinen Eisenstäben halten mußte und nicht drauf hoffen durfte, daß jener mich hielte.
Und heute noch suche ich die zehn Eisenstäbe, und manchmal nimmt die Hand den Arm, und ich will mir einbilden, es sei der dicke Eisenpfosten meines Bettrands.
›El male rachamim‹, ›Gott voller Erbarmen‹, betete die Großmutter und ›Müde bin ich, geh zur Ruh‹. Das einzige Christenlied, das sie kannte, hatte sie für mich zum Gebet umgesprochen und nicht gewußt, daß ich mich in den harten Lauten ihrer Leute geborgener fühlte, daß mir die Steinschrift von links nach rechts in mein Programm geschlagen stand.
Wenn mir kalt war, durfte ich ein Bein zu ihr rüber-

strecken, unter die dicke Daunendecke, dorthin, wo die warme Eisenflasche bis zum Morgen stand, bis die Großmutter sie auf den Boden stellte, weil sie kalt geworden war. Die Beine der Großmutter waren dünn, die Großmutter war alt, ich wußte, sie würde bald sterben, ich sah es ihren Beinen und Armen an, die Gelenke waren dicker als die Muskeln. Wie auf den Bildern von Theresienstadt, wo alle, die gestorben sind, so ausgesehen haben, wie die Großmutter aussah. Die Großmutter war auch in Theresienstadt gewesen und sagte, sie hätte überlebt, und die Eltern sagten: ›überlebt‹, und der Besuch sagte: ›überlebt‹. Also hatte der Name einen Überlebensklang, ich mochte ihn hören, ich hör ihn heut noch gern.

Nach den Gebeten gab es Küchenlieder, Schüttelreime, Knittelverse, denn die Großmutter hatte Angst, Schlafangst, Traumangst, Angstangst. Manchmal schrie sie in der Nacht, dann kamen Vater und Mutter und holten mich zu sich ins Licht. Die Großmutter hat geträumt, sagten sie, von Theresienstadt, sagten sie, und ich verstand nicht, warum sie davon schreien mußte. Manchmal aber schries auch aus dem Elternzimmer, das war der Vater, der war auch wo gewesen. Und manchmal schrien beide auf einmal.

Saß ich dann mit der Mutter am Tisch, hielten wir

uns an den Händen, steckten die Köpfe zusammen und hatten unsere Welt gegen die Schreier?
Nach dem letzten schiefen Reim gab mir die Großmutter Pfefferminztee aus der Schnabeltasse, die jede Nacht auf ihrem Bettisch stand, und schlief ein mit leerem Mund und tiefen Augenhöhlen, in denen die Dunkelheit sich fing. Dann stand ich auf, lief ins Licht, platschte mit meinen Nacktfüßen hinein in die Besuchergeschichten über Buchenwald und Bergen-Belsen, wurde gestreichelt und zurückgetragen: ›Sie hat Angst, sie hört zuviel!‹
Und wieder in der Dunkelheit, heulend vor Wut: hatte ich kein Recht auf eigene Angst, Grundrecht und Grund! tauchte ich unter, stieg in meinen Heiligraum hinab, in meine Hütte, in meine Burg unter der Bettdecke, mein Imperium, mein Geheimsein. Hier hatte ich meine Angst, konnte mir Angstlust machen, Angstgrimassen schneiden, sogar in leises Angstgeheul ausbrechen, denn die Großmutter schnarchte, und von Stunde zu Stunde wurde nebenan lauter gesprochen.
Ich drückte mit den Fäusten auf die Augen, bis ich Sternenwiesen sah, Glassteinmuster wie durchs Kaleidoskop, Mosaike aus bösen Spiegelscherben, Teufelsinseln, Teufelsblumen, Teufelsaugen, Behemot-Schlösser, Leviathan-Schlünde – bis die Mutter kam.

Die Mutter kam immer. Schlich sich fort von dem Besuch, stand an meinem Eisenbett, beugte sich über mich, ließ ihr Haar auf mein Gesicht fallen, legte ihre Lippen an mein Ohr, sagte Sprache, sagte auf, Wortreihen, deren Sinn ich nicht verstand, doch die wie Winterwasser hinabrissen in Mündungen, in Münder, die mich in Schlaf sogen. Ich kann ihr die Verse heute noch nachsprechen, und seit einiger Zeit höre ich mein Schluchzen im Rhythmus ihrer Hexameter, mein altes Kinderschluchzen, das ich wegwürgte, um mir jede Silbe des Gesagten zu erhören, mein Schluchzen, das besonders laut wird, wenn der Morgen kommt, wenn alle in Blei gegossen treiben, die Seelen gepfählt und gebunden, den Schrei im Hals wie den Schneewittchenapfel.
Ich höre mein Schluchzen, es steckt mich an. Ich schluchze, wie ich geschluchzt habe, und meine, in den Atempausen, die mir das alte und das neue Schluchzen lassen, in meinen Schluchzpausen, zu hören, wie ich schluchzen werde. Ich werde schluchzen, und ich weiß noch mehr: ich werde schluchzen werden. Und aufhörn werde ich in jener Millimeterpause zwischen Ein- und Ausschluchzen, am wehsten Punkt, das klagende Ch der Urväter im Rachen, die Lungen voller Schluchzwasser, Todesursache: Schluchzauf.

Wenn doch die Großmutter neben mir läge, wenn doch die Großmutterhand auf meine Bettdecke klopfte, anklopfte an meiner Bettburg, ihr großer krummer Schreibfinger durch mein Tor träte und mich mahnte, daß ich zu schlafen hätte. Ich könnte mich an diesen Finger halten und an die zehn eisernen Stäbe, könnte schlafen und am Morgen aufstehn, um tote Vögel zu begraben.
Denn ich besaß einen Garten hinterm Haus, ein kleines Erdstück, einen Vogel-, Käfer-, Frosch- und Igelfriedhof. Dort lagen meine Verstorbenen, und ich pflegte ihre Gräber, schnitt Leichentücher aus zerschlissenen Bettüchern, säumte und bestickte sie, hortete Särge: Streichholzschachteln, Keksschachteln, Zigarettenkisten, Seifendosen, und jeden Morgen hielt ich Ausschau nach den Toten der Nacht. Die hohen alten Bäume trugen viele Nester, und wenn die Frühlingsstürme sie geschüttelt hatten, lagen die Vogelkinder wie reife Birnen am Boden. Wenn ich sie dann in Tücher gewickelt, in Kisten gebettet hatte, angewickelt, angebettet gegen ihr endgültiges Ende, wenn ich mit ihnen als Prozession durch den Garten gezogen war, den Sarg auf meinem Leiterwagen, über und über geschmückt mit Blumenköpfen und Haarschleifen, auf den festgetretenen Erdwegen, vorbei an den Rosenrabatten, an den

Lilienbeeten, durch die Wiesenblumen, unter den Weinlaubranken bis zum Gemüse, bis zum Kartoffelbeet, neben dem Misthaufen und den Himbeersträuchern, bei den Bohnenstangen, wenn ich ›Kol Nidre‹ für Kaddisch gesungen hatte, mit tiefverstellter Stimme, denn nur Männer, hatte die Großmutter gesagt, dürften für tote Juden singen, und dann Weihnachtslieder, denn das waren die heiligsten, die ich kannte, und heilig stand mir für hoffnungsvoll, wenn ich angesungen hatte gegen die Wirklichkeit, die mir durch ihr fortwährendes furchtbares Ende mit dem unwirklichen ewig langen Nichts danach so unbegreiflich war und ich trotzdem in ihr so festgezwungen und verstrickt, und wenn ich sie dann getauft hatte, die toten Vögel, angetauft gegen ihre Namenlosigkeit und gegen die namenlose Leere, in die alle Vögel vom Himmel fallen und sie nicht füllen, keinen Fitzbreit, wenn ich also den gefallenen Vögeln und den ertrunkenen Käfern, den vertrockneten Fröschen und den vergifteten Igeln Namen gegeben hatte im Namen Jesu Christi und sie mitsamt den Haarschleifen und den Blumenköpfen mit gefalteten Flügeln, Fühlern, Schenkeln, Pfoten in ihr Leichentuch, in ihren Sarg, in ihre Erde gelegt hatte, pflegte ich noch lange auf meinem Friedhof zu bleiben und, auf dem kleinen rotlackierten Holzstuhl sitzend, den mir der Gärtner gebaut hatte, darüber nachzusinnen, wie ich mich aus dieser lebenslänglichen Wirklichkeit befreien könnte. Der Versuch, mir Verbündete zu schaffen im Freiheitskampf und mit solchen dann den großen Krieg zu wagen, war fehlgeschlagen, alle Kinder, die ich aus der Nachbarschaft kannte, schienen sich einzig in dieser einzigen, in ihrer Einzigheit unanzweifelbaren Wirklichkeit zu kennen, wenn ich vom Wipfel des Pflaumenbaums zum Festkampf rief, wenn ich, nackt und mit Ostereierfarben bemalt, in Bocksprüngen über die Beete setzte und in erfundener Kriegersprache den Himmel anschrie, daß er sich öffnen möge, um uns die wirklichen Wirklichkeiten schauen zu lassen, um uns zu offenbaren, daß die Himmelsleere voll von Wirklichkeiten ist, Wirklichkeiten zum Aussuchen, kurze, lange, laute, leise, waren stumpfe kleine Ständer für die Dinge dieser Welt, und mit der Zeit gab ich den Versuch auf, sie zu bekehren.

Aber meine Mutter hatte Augen und sah, was ich sah, und wäre nicht der Vater dazwischengewesen, dessen Credo lautete, man habe mit beiden Beinen auf dem Boden dieser Welt zu stehen, und hätten mir solcherlei Beine nicht als Stampfer vor Augen gestanden, als Zertreter von Käferkönigreichen auf ebendiesem Boden, und hätte der Vater nicht gemeint, ich würde mir die Flausen aus dem Kopf schlagen, wenn er mich auf den Hintern schlüge, und hätte er mich damit nicht niedergeschlagen auf käferlose Betonböden, und hätte ich dort dann nicht immer wieder fassungslos gelegen und kein Bein mehr auf den Käferboden raufgekriegt, wäre nicht der Vater dazwischengewesen, ich wäre mit der Mutter woandershin gegangen, in eine Flause vielleicht.

So aber saß ich an meinem Friedhofsrand und malte mir diese und jene Anderswelt bunt, Welten ohne Ende, und wurde nicht schwindlig von solchen Endlosigkeiten, konnte dann auch der leersten Leere offen ins Gesicht sehn, konnte sie vorsichtig, Seele für Seele, auffüllen mit den Seelen all meiner verstorbenen Tierleute und deren Eltern und Großeltern und deren Eltern und so fort, füllte sie an mit all den Namen, die ich vergeben hatte, nannte auch die der Eltern und Großeltern und die von deren Eltern und so fort und prophezeite ihnen allen das Leben, todlos, endlos, in vollkommener Fülle.

Doch wenn ich am Abend wieder ins Haus zurück mußte, unter die Uhren der anderen, bei ihnen am Tisch saß und sah, daß sie die Dunkelheit nicht hörten, die aus dem Keller stieg, sich durch Wände und Decken preßte, das Dach vom Haus drückte, hörte, daß sie den Wind nicht sahen, der sich im Speicher fing, ins Treppenhaus fuhr, zum Wirbelwind erstarrt um unsern Tisch feststand, sagte ich nichts von meinen Vögeln und Käfern, behielt ich alle ihre Namen für mich, war ich gewiß, daß es sich bei der Wirklichkeit des ganzen Hauses mitsamt der Nachbarschaft und deren Nachbarschaft um nichts handelte als einen miesen Leeretrick.

Drei

Beim späten Frühstück auf der sonnigen Terrasse, unter den schlaflosen andern, denen die Tassen in den Händen zittern, überschwappen, denen die Blicke aus den Augen fallen und zerspringen, versucht man, seine Hütte nachzubauen, seine Bettburg, sein Geheimsein, zieht sich vor den bitteren Blicksplittern zurück hinter die geschwollenen Lider, ist fassungs- und wehrlos, wenn die Selbstlosen an einen greifen.

Da ist nichts, sagt die Freundin, sieht einen an und hält sich den Kopf.
Nur Mangel, sagt der Lieblingsfreund, sieht einen an und stöhnt.
Heiße Materie, durch Implosion in Nichts verpufft, sagt der Physikfreund und stöhnt mit.
Quod erat demonstrandum, sagt der Arztfreund und stößt einem in die Weichteile.
Vorsicht, fährt der Physikfreund dazwischen, *die Leere ist neutral, ein Fitz zuviel Materie, und sie verzerrt sich, ein Fatz zuviel Antimaterie, und sie bricht zusammen.*

Das Vakuum beginnt zu schmelzen, ruft die Lieblingsfreundin von der Stuhlkante.
Schmilzt, stöhnt der Lieblingsfreund.
Und was, um Gotteswillen, bleibt uns noch, fragt die Freundin und hält sich den Kopf.
Ein Sommerloch, sagt die Rothaarige und starrt aufs Meer.

Komm doch, sagt der Physikfreund, will seine Rothaarige küssen und küßt daneben.
Ich muß aufstehn und sehen, wohin ich gehöre, stöhnt der Lieblingsfreund und bleibt sitzen.
Alles ist gelaufen: Suizid, Genozid, Ethnozid, sagt der Arztfreund und bestellt Bloody Mary.
Wir alternden Junggesellen, sagt der Physikfreund und legt seiner Rothaarigen die Hand aufs Knie –
Das Spiel ist gespielt, sagt die Rothaarige und starrt aufs Meer –
– *für die es keinen Morgen gibt, nur immer diese langen leeren Tage nach der Orgie,* spricht der Physikfreund weiter –
Die neuen Opfer der alten Zivilisation sind ungeschmückt und also eklig, stöhnt der Lieblingsfreund und bestellt Cuba Libre.
Opfern will gelernt sein, sagt die Freundin und hält sich den Kopf.

– *jetzt wird nur noch geschmiert,* sagt die Rothaarige und starrt aufs Meer.
– *müssen die Orgie immer wieder simulieren,* spricht der Physikfreund immer weiter –
Die Zivilisation ist moribund, sie hat die Krätze, sagt der Arztfreund, *und ihre radikalen Nichtse schwirren ungesättigt rum und drücken besinnungslos auf ihre Handytaste Null.*
Drücken die Null, übernimmt die Lieblingsfreundin, *Leerraum entsteht, geistiges und soziales Vakuum, ›nichts ist unmöglich, Toyota!‹, tausendjährige Reiche können entstehn.*
– *müssen alle Szenarios immer wieder durchspielen,* spricht der Physikfreund weiter und weiter –
– *uns befreien,* fällt der Lieblingsfreund ein und stöhnt –
– *opfern,* sagt die Freundin und hält sich den Kopf –
– *schlachten,* sagt der Arztfreund, *fressen* –
– *uns endlos auf die Umlaufbahn begeben,* spricht der Physikfreund immer noch weiter –
– *müssen uns von der Freiheit befreien,* stöhnt der Lieblingsfreund –
– *bis wir verglühn,* spricht der Physikfreund seinen Satz zu Ende.

Am Nebentisch schüttet ein Kind seinen Kakao auf die weiße Decke. Der Vater liest Zeitung, die Mutter liest ein Tablebook. »Tot, tot«, kräht das Kind, stupst einen grünen Käfer vom Schinken in den Kakaofleck und erschlägt ihn mitten im Süßen mit dem Müslilöffel. »Platt, platt«, kräht das Kind.
Die Kellner räumen die Tische ab und rüsten sie um für den Lunch. Meine Leute gehen an den Strand, jeder geht bis zum Abend seiner Wege, das war so ausgemacht.

Den Rest des Tages gehe ich am Meer unter, sehe, wie eine Krabbe sich in den Sand wühlt, wie die nächste Welle sie wieder rauswühlt, wie sie sich immer wieder reinwühlt, nichtsnutzig, engstirnig, unbelehrbar, und immer wieder rausgewühlt wird. Stochre, stoße auf den Nichtsnutz, der sieht mich an mit Stielaugen, kommt mit Klammerfüßen, zwickt, kichert, auf seinem Rückenpanzer lebt eine junge Seepocke, die kichert auch. Die Pocke blüht zur Rose auf, die nächste Welle holt die beiden ab, sie

kichern, bis sie untergehn. Ein Krabbentrick? Eine Seeneurose?
»Tot, tot«, kräht das Kind vom Frühstückstisch und stellt den nackten Fuß auf meinen nackten Bauch.
»Platt, platt«, kräht das Kind. Die Mutter liest ein Beachbook, der Vater pfeift, das Kind beißt mir ins Bein, rennt weg.

Wolken ziehen auf. Ich gehe zu einer Strandbar. Es wird finster. Kinder plärren und werden heimgebracht. Der Strand leert sich.
Glockenläuten. Ich bestelle mir den ersten Wein.
Ich bestelle mir den zweiten. Die Glocken schlagen. Die Kirche steht am Strand. Der Turm, ein Goya-Mönch im Calvinistenmantel, steht ungerührt von seinem Schlag. Die Schläge dröhnen, klemmen mich in das Bild von leeren Kirchenbänken, klotzig, kantig, evangelisch. Mädchenmonster treten auf, Ungestalten, klemmen sich neben, vor und hinter mich, häßliche Dreizehnjährige, mit denen ich zur Schule und zur Kirche mußte, schon gelb vor Neid und noch nicht blaß vor Kummer, die aussehen, wie sie mit sechzig aussehen werden, nie wieder werden sie so sehr wie sechzig aussehen! so bieder und so selbstgerecht, bebrillt, gierig, verschroben.
›Ich bin der Ichbin‹, las die kleine Pfarrerin im

schwarzen Pfarrerkittel mit steifgestärktem Lutherlatz über den Bomberbrüsten, unter dem kahlen Kreuz, auf der Kanzel, aus dem Bibelbuch. ›Ich bin der Ichbin, der Ichbin, bin, bin, bin‹, kam das Echo von den Kirchenmauern. Sie hatte winzige Hände, winzige Füße, winzigen Mund. Die Kindergreisenstimme brach und brach. War sie ein Ninosom, ein Nanosom? Die Monster dösten, fraßen Schuppen, Pickel, Popel und hörten von dem ›Ich bin der Ichbin, sprach Gott zu Moses‹ nur den Hall.

Aber hatte die Großmutter nicht im Schlaf ›ehjeh‹ geschrien, und war ich nicht davon erwacht, und hatte sie nicht noch und noch ›ehjeh‹ geschrien, und war ich nicht davon erschrocken, und hatte ich sie nicht geweckt und sie gefragt, was ›ehjeh‹ heiße, und hatte sie mir nicht gesagt, ›ehjeh‹ heiße ›Ichbin‹ und sei der Gottesname, und hatte ich nicht nach dem Lichtspalt gesehen und nach den Elternstimmen gehört und nach den Stäben meines Eisenbetts gegriffen, und hatte die Großmutter nicht gesagt, ›ehjeh‹ bedeute aber auch von eh und je zugleich das Grenzenlose und das Nichts, und hatte das ›ehjeh‹ nicht einen Klageklang gehabt, und war mir deshalb nicht das alte Schluchzen aufgestiegen, mein Schluchzen, das im hohlen Bauch von eh und je auf nichts als seinen Aufstieg aus gewesen war, und hatte ich nicht aufgeschluchzt und nicht gefragt: warum heißt der ›Ichbin‹? und hatte die Großmutter nicht das Nachtlicht ausgeknipst, einen Schluck Pfefferminztee aus der Schnabeltasse genommen, sich mit zwei hohen Kissen im Rücken aufgesetzt, mich angesehn, und hatte ich nicht gewußt, es geht um Alles oder Nichts, und hatte sie mir nicht gesagt, da sei keiner, der etwas darüber erfahren könnte, und wenn einer trotzdem ›warum‹ fragte, würde die Antwort ›darum‹ sein, und wenn einer fragte, was Gott sei, würde die Antwort Nichts sein, und hatte ich nicht etwas im Raum gespürt wie einen Rückstand, einen Rest von was, was Nichts war, groß, stark, viel?

Und hatte die Großmutter nicht die Urgroßvateraugen bekommen, die ich von der kartonierten Photographie der ›Photographischen Kunstanstalt Heiligenbeil‹ aus Breslau kannte, die Auge-um-Auge-Augen des Rabbiners, der seine Tochter, obwohl sie nicht sein Sohn war, in Schrift und Lehre unterwiesen hatte, die Augen dessen, der ihr gesagt hatte, wo das Wesen Gottes nicht mehr sei, weil es sich von sich selber auf sich selbst zurückgezogen habe, da möge das Nichts als Residuum aus solchem Sein betrachtet werden, der gesagt hatte, Gott sei das Nichts und seine Schöpfung sei das Nichts und dieses

Nichts sei endlos, Gott und sein Nichts, hatte er ihr gesagt, seien unendlich, das Nichts und die Unendlichkeit seien identisch, seien eins von eh und je.
Und hatte die Großmutter nicht gesagt, der Urgroßvater habe ihr gesagt: ›Wenn du in dein eigenes Nichts hinabsteigst, aus dem alles hervorkommt, so führst du alles, was ist, zu seinem Nichts zurück‹, und hatte sie danach nicht ›El male rachamim‹ gebetet und danach ›Müde bin ich, geh zur Ruh‹, und waren mir Gott und sein Nichts nicht mit einem Mal weit und breit geworden, verständlich wie von eh und je, auch noch, als der Großmutter die Gebete ausgegangen waren und die Küchenlieder drankamen, auch noch bei den Schüttelreimen, auch noch bei den Knittelversen: ›Sonntag ists, es jauchzt die Lerche, der Rekrut geht in die Kerche.‹
›Ich bin der Ichbin, sprach Gott zu Moses‹, las die kleine Pfarrerin im schwarzen Pfarrerkittel mit steifgestärktem Lutherlatz über den Bomberbrüsten unter dem kahlen Kreuz.
Ein Ruck ging durch mich durch. Hatte die Großmutter nicht vom ewigen Ruck zur Schöpfung gesprochen, der aus dem Unendlichen ein Nichts mache? Und aus dem Nichts? – na was? Die Leere! und aus der Leere Ruck um Ruck – na was? Das Sommerloch!

Ich mißverstand, ging auf den Horror vor dem Nichts und wieder Nichts – das Nichts war mir in Leere umgekippt wie Wein in Essig – und schrie um mich: Und ich, schrie ich zur Kanzel rauf, zur Pfarrerin, zum kahlen Kreuz, und du und ich? Ehjeh, schrie ich und könnte auf der Stelle wieder schrein: Bin ich auch die Ichbin, oder bin ich noch viele andre Leute, oder sind viele andre Leute die Ichbin, und sind das Leute oder Klopse, Fritten, Löcher, Lacher?
Das Feixgekreisch der Monster brach aus dem Kirchenbauch, fuhr in die kahlen Höhen, klumpte, fiel auf mich zurück. Die kleine Pfarrerin verstummte. Die Kirche war wie ausgeraubt, kein Weihrauch, keine Kerzen, kein Abbild, nur ein künstlicher Chrysanthemenstrauß neben der Kanzel in einer Keramikvase aus der Zeit der Nierentische.
Die Monster trollten sich, und ich blieb in den leeren Kirchenbänken stecken. Kein Funke zündete auf dem Altar, kein Flimmern trat dort in die Luft ein, und keine Zunge sprach Verdammnis aus. Nicht eine Heiligkeit hielt mich der Strafe wert.

Und fortan malte ich Gesicht und Hände schwarz, schwänzte die Schule und die Kirche, trieb mich in Vorstadtkneipen rum, lauerte Leere auf, wollte der Leere auf den Grund gehn. Sah, daß die Bürgerwehr, die Tagesordnung nur bis zum siebten Klaren hielt, beim achten brach und kollabierte, sah Leereungeheuer durch die Brüche kriechen, aufsitzen sah ich die und Sporen geben und die Wehrlosen durch die Nacht in den Morgen reiten. War auf dem Sprung, tagaus, tagein mit spitzgespitztem Stift das straffgespannte dünne Häutchen aus Gewohnheit, die sich aus täglichem Vergessen rekrutiert, das über dem Leereabgrund nach den Nächten Tag für Tag aufs neu zusammenwächst, aufzuritzen, zu schreiben, bis es reißt, in Versen, in Hexametern, dem alten Schluchzen abgehorcht, die Leere darzustellen, mich ihr zu stellen, mich mit ihr zu messen, gesund und jung, wie ich war, zum Platzen jung, zum Ausrasten gesund, zum Wegschmeißen ernüchtert und betrübt.

Ich bestelle mir den dritten Wein. Seit Jahren teile ich mir die leere Fläche des Tages in eine Abfolge von Befriedigungen ein, in die Gewohnheit, mich mit Reizen zu reizen und mit Genüssen zu stillen. Lange hielt ich mich dabei an gewisse allgemeine Regeln, an Uhrzeiten etwa und Mengengrenzen, doch neuerdings bemerke ich immer öfter Verschiebungen zugunsten der Genüsse, und vor allem am Tagende hebe ich die Grenzen fast täglich auf, trinke meine

Gläser wie Thulebecher und finde mit der alten Angst, der Kindangst, trotzdem kein Arrangement.
Nur in der Zeit nach der Kirchengeschichte war ich der Angst gewachsen, hatte nicht nötig, Leerecamouflage zu treiben, durfte mich wohlgeworfen fühlen, im Einklang und verwandt den Großen, deren Kunst es ist, mit dem Rhapsodenrammbock ins Ungeheure vorzustoßen, mit den Hexameterhämmern die leere Angst zu treffen.
Ich bestelle den vierten Wein und wage den Versuch, mein seitheriges Unvermögen zu rechtfertigen, indem ich mich darauf berufe, daß ich zu jener Zeit begünstigt war, da erstmals ausgesetzt, erstmalig konfrontiert und also stark aus Einfalt. War ich doch aus der Kindheit gekommen, von meinem Vogel-, Käfer-, Frosch- und Igelfriedhof, aus meinem Kriegergarten, aus der Berg- und Talstadt, wo das Theater, regiert von meiner schönen Mutter als Prinzessin aus Dingsda, im Mittelpunkt meines Stadtplans gestanden hatte.
Da warst du noch im ersten Ansturm tauglich, höhne ich und will die junge Hauptperson aus meinem alten Kampfstück mit einem Zungenschlag zur Krücke schlagen, zu eben dieser Krücke, die hier sitzt und säuft, Deiche gebaut, Staudämme konstruiert

hat und nach wie vor nicht wissen will, wieviel Landschaft von ihr dabei unter Leere geraten ist. Aber dann, höhne ich weiter, als du kapieren mußtest, daß die Gedichte dir nicht wie am Anfang atemlos auf Versfüßen voraus, sondern kurzatmig hatschend zum Knittelreim verschroben waren, als du kapiert hast, daß dir dein spitzer Stift nichts einschreibt, daß du dir Leere einverleiben kannst, soviel du willst, trotzdem nicht reüssierst, auch nicht tot umfällst, sondern daß dir dein Laberleben lang davon die Luft ausgeht, daß du dir deinen lebenslangen Leeretod stümpernd ersterben mußt, da hast du Mamma geschrien, nach den Eisenstäben gesucht und Pfefferminztee verlangt.
Ich bestelle den fünften Wein. Die Bar ist leer geblieben, das Wetter ist vorbeigezogen, die Luft ist leichter. Die Bilder fangen schon zu laufen an, zu drehen, sich in den Hüften zu wiegen und zu winken. Doch solange sie nicht stolpern, ausrutschen und sich zerschlagen, werde ich tapfer weiter antrinken gegen den Feind, sage ich mir. Der Barmann hörts, grinst, versteht Deutsch, wie alle Insulaner.
Ich schlage die Beine übernander und drehe mich ab. Es war ein absurder Versuch, sage ich mir, dir die Leere mit Theater füllen zu wollen. Und wie ich das sage, steigt mir ein Gelächter hoch und schüttelt

mich derart, daß der Barmann in meinem Rücken vermutlich sein Kreuz schlägt. Und wie ich mir auf die Nägel beiße, um den Anfall zu unterdrücken, muß ich vor Lachen brüllen und mir die Fäuste in den Rachen stopfen, damit der Balg mir nicht vor Lachen platzt.

»Wir machen Schluß«, sagt der Barmann, und ich versteh ihn gut, denn erstens ist jetzt Happy Hour, der Strand ist leer, alle sind auf dem Platz, und zweitens nimmt ihn der Horror auf die Hörner, wenn er mich Frau hier sieht, amüsiert mit sich selber, beim fünften Wein, die Faust im Rachen. Sie will sich verstümmeln, wird er denken und wird wohl schon von solchen gehört haben, die sich zerbeißen und zerfressen, die Inselfrauen werden an Winterkaminen von solchen erzählt haben, und der kleine Barmann wird zwischen den Frauen gesessen haben, wird sie gerochen und gegriffen haben, als griffe er nach seinem Löffel oder seinem Holzpferd.

Mein Glas ist noch halb voll, ich will wieder ernsthaft zurück zum Theater. Zwar laufen die Bilder mir jetzt davon, aber noch bin ich schneller und packe sie an ihrem Schlafittch.

Als ich noch in der Berg- und Talstadt wohnen durfte, nahm mich die Mutter manchmal zu ihren Proben mit. Dann stand ich in Kulissen rum und

hatte Ehrfurcht vor den Exaltierten, den ewig Aufgeregten, den Schauspielern, die sich die echten Töne selber nicht mehr glauben und deshalb gleich die falschen aus dem Sack ziehn, die, um am großen alten Echtheitszweifel nicht zu verzweifeln, um an der Angstidee: ›Ich selber bin die frei erfundene Figur‹, nicht durchzudrehn, das Gegenspiel in Szene setzen, die Kaschperei als Eigenschöpfungsakt und als Fanal: ›Wir sind die anderen, geschminkt, verschmiert, stigmatisiert vom falschen Ton.‹
Frei kam das dem Kind vor, angefeindet wie alles Freie, und es brannte darauf, dazuzugehören: Märtyrer für die Sache der Kaschper, mit dem Herzschwert für deren falschen Ton ins Feld! Oder wars bloß mein Gesicht für die Grimasse hinter der Maske, mein Nachtbild derer, die schweißnaß in ihren Löchern liegen, wenn die wahre Minute sie niederzwingt, wenn sie standhalten müssen, ohne zu schmieren? oder bloß kindliches Gespür für den letzten verdrehten Rest Mysterium, fürs alte Spiel mit seinen rituellen Spielern, die Ahnung, daß nur einer, der mit festen Riesenfüßen zum Chaos übertritt, ins Ungeheure mitreißt, ins wirklich Wahre, um der viel zu wahrgenommenen Welt mit seinem falschen Ton den Kampf anzusagen?
Wenns aber so war, wenn es das war, und ich darum

an allen vier Theaterecken darauf lauerte, den Schrecken zu erfahren, den Stoß zu empfangen, der mich hinüberstoßen sollte in den unmarkierten Raum, um daher wiederum Gewißheit zu erlangen, daß die Welt nicht alles ist, was der Fall ist, dann danke ich den Kaschpern, Hanseln, Wursteln, den Narrenspielern, Harlekinen und Schmieranten.

Der Barmann stellt schon die Stühle auf den Tisch, aber ich muß noch bleiben. Denn als ich später selber zum Theater ging, der unmarkierte Raum mir längst vermauert war und ich nicht mehr imstande, ihn auf zu schreiben, ging ich im letzten Glauben, ich könnte die Welt auf die Hinterbühne setzen und mein Leben auf der Bühne sich ereignen lassen, mit mir als reinem Akteur, im Gegenentwurf, aber im eigenen.

Doch die Schmieranten und die Kaschper hatten ausgespielt, und die, die ihre Rollen übernahmen, verfügten nicht mal über einen halben Riesenfuß.

Ich stand in einem roten Kleid an einem Freitagabend um halb zehn im Januar vor sechzehnhundert schwarzen Köpfen, als ein Lichtwechsel stattfand und ich den Grund und Boden nicht mehr sah, den nächsten Schritt zu tun, das nächste Wort zu sagen.

Der Vorhang war gefallen, die Großmutter gestorben, der Vogel-, Igel-, Frosch- und Käferfriedhof plattgewalzt.
Ich will jetzt nicht noch daran denken, wie ich nach Schweigejahren mit spitzen Fingern das erste Wort nahm und es niederschrieb, denn der Barmann klimpert mit seinen Schlüsseln, steht mir zu nah und führt mir seine Hüfte vor die Augen.

Happy Hour, der Platz ist laut und voll. Die Freunde haben einen Stuhl freigehalten.

Ich, zum Beispiel, sagt der Lieblingsfreund und stöhnt, *als ich zum letzten Mal in Venedig war, hatte ich zum ersten Mal genug Geld, um im Cipriani zu wohnen und im Danieli zu essen. Es ging mir gut, der morsche Unterbau meines Wesens schien vorübergehend standzuhalten, ich war auch noch mit Gabriele zusammen, und das Fenice war noch nicht abgebrannt. Am ersten Abend wollte Gabriele in den ›Freischütz‹ gehn. ›Doch mich umgarnen finstre Mächte! / Mich faßt Verzweiflung, foltert Spott! / O dringt kein Strahl durch diese Nächte? / Herrscht blind das Schicksal? Lebt kein Gott?‹* Der Freund lacht, trinkt, stöhnt: *Der ›Freischütz‹ in Venedig! Ich habe sehr gelacht, und Gabriele hat mir den dritten Akt geschenkt, so daß wir noch vor zehn auf der Terrasse des Danieli saßen. Und da geschah es: die Terrasse höhlte sich, die Tische und die Flaschen höhlten sich, die Kellner, Gabriele, ich. Ich höhlte mich, bis mir der Bauch ans Steißbein stieß und mit demselben eine Linie bildete, bis die Mamillen an den Schulterblättern klebten und meine Zehen, die Zehen! mir schmerzlich in den Fersen steckten. Doch Gabriele, die unablässig rief, wie wundervoll der Ausblick sei, die hingerissen auf die leuchtenden Nachtschiffe zeigte, die allesamt ins konkave Meer hinabfuhren, auf Santa Maria Della Salute, deren Kuppel, einem Bombentrichter gleich, am Canale drohte, und auf den Campanile von San Marco, der wie ein abgestreifter Gummifingerling zur Hälfte in sich selber steckte, Gabriele, die gurrte, girrte, mit mir anstieß, so daß ich hören mußte, daß der Gläserklang ein Sauglaut war, ein Schlürfen, Schmatzen, Schlukken – ich verließ sie. Wollte mich zu den guten Orten bringen, den Plätzen, Brücken, Kirchen, aber ach! die hohe Stadt war in den Schlamm gesackt, anstelle der Palazzi waren Krater aufgebrochen, in denen das Wasser der Lagune gluckste, und aus der Tiefe des Fenice schwoll mir das Erlösungsthema des ›Freischütz‹ entgegen, sog und schluckte sich zurück, vergurgelte in Samiels Höllenschlund. Ich versuchte, über den Rialto, der zur Hängebrücke umgekippt war, auf die Zattere zu gelangen, in der Hoffnung, daß sich jenseits des Canale noch die alte Wirklichkeit behauptete, in der mich zurechtzufinden ich schmerzhaft gewohnt gewesen war, und war kaum bis zur Brükkenmitte gekommen, als ich Getuschel und Geraschel hörte und wahrnahm, daß mein Gehirn sich von der Schädeldecke zurückzog, begriff, daß mir nur weniger als Augenblicke bleiben würden, um zu begreifen, daß mein Gehirn in wenigen Augenblicken eine Senke sein würde, eine Talsohle, erkannte, daß das Getuschel und Geraschel vom Atrophieren und Verprickeln der Hirnsubstanz herrührte, und mir einfiel, ich könnte Wünsche ausstoßen wie Flüche, könnte wie mit Trompetenstößen Wünsche in meine umgestülpten Kirchentürme stoßen, in die Gedanken- und Gedächtnistürme, die Weh- und Wahnsinnskuppeln, und so mein ganzes inneres Venedig kraft eines scharfen C-Dur-Blasakkords, der so viel Druck erzeugte, daß Gegendruck entstünde und jede Tiefe zurück in ihre Höhe führe, retten, überbauen. Doch alle meine Wünsche waren abgestürzt, und selbst der Einfall, sie zu wünschen, hatte sich gehöhlt, sich überhöhlt und war zerbrochen. Ach!* sagt der Lieblingsfreund und bestellt sich eine Portion Lethe.

»Wo bleibt denn unsre Wichsmamsell«, ruft der Fleischnacken und sucht Gemeinschaft. Sitzt wieder mit dem Turmschädel und den zwei Frauen am Nebentisch, hat drei Biergläser vor sich, prostet den Freunden zu.

Ich war letzten Sommer auf der Alp Grüm, sagt die Freundin und hält den Kopf nicht fest.
Ich weiß nicht, schreit die Rothaarige und springt auf, *ob du betrunken bist, ob ich betrunken bin, dein Kopf,* schreit sie, *der schüttelt nicht, der dreht sich! Halt ihn doch fest, schreit sie, sonst fall ich um.*
Sitz, der Physikfreund zieht seine Rothaarige am Rock, *kusch!*
Die Freundin hört nicht und spricht weiter: *Dort, wo die letzten Bäume stehen, endet der Wald. Ein paar Schritte weiter wächst kein Gras mehr, kein Moos, keine Quecke, die Grenze läuft über Fels*

und Geröll, stößt an Steine, rutscht ab, fängt sich, läuft weiter. Jenseits ist die Grenzlosigkeit, die Losigkeit, die Leere. Der Kopf der Freundin dreht sich um sich selbst. *Man muß den Schreck überschreiten, rübersteigen, bis zur Bergspitze steigern, stillestehn.* Der Kopf der Freundin dreht ab. *Und muß hinuntersehn, wies drunten heckt und wuselt, verdirbt und sich zersetzt, ersetzt wird und von neuem heckt und wuselt, mitunter fühlt und feucht wird, manchmal sogar denkt, plant, sich verrechnet und verschreibt.*
Der Kopf der Freundin überdreht, ihre Pupillen rollen zum heiligen Oben. *Hinuntersehn muß man, zur Stillesäule starrstehn, zur Leereschale ausleeren, jegliches los- und fallenlassen, was noch ist und will.*
Vorsicht, Vorsicht! jetzt dreht sich alles um den Lieblingsfreund, *diese leere Sackgasse endet vor der Haustür des neuen Übertiers –*
Der Arztfreund greift der Freundin in die Speichen und repariert sie. Die greift sich an den Kopf und hält ihn an.
– *Kastrations- und Deportationsvorschläge, Erberinnerung,* schreit der Lieblingsfreund, *Nebelzone!*
Kehren wir ruhig von den einsamen Höhen der Alp

Grüm zurück in die dichtbesiedelten Niederungen der Menschenleere, der Arztfreund lacht und trinkt, er hat das Kreisgeschehen fest im Griff.
Der Physikfreund schnarcht. *Hat einen Sonnenstich,* sagt die Rothaarige und stopft ihm den Mund mit Kartoffelchips.
Der Arztfreund trinkt, lacht, seine Maske sitzt. *Kommen wir zu dem Komplex der armen Schlukker, ein Fallbeispiel, wenn ihr gestattet, Freunde: Erste Symptome zeigten sich bereits im Stadium der Virilität,* der Arztfreund trinkt, *es pfiff,* sagt er, *es heulte, der Leerlauf war aufs Rad geschnallt und rollte ab. Zuerst war nur der blinde Fleck umschrieben in der Höhe des Sympathicus. Dann brach der Fleck ein, und das Loch riß auf. Ich bin mir nicht im klaren, Freunde, was hier den Stimulus betrifft, möglicherweise war es der offene Mund der ersten Frau. Das Loch hypertrophierte, brach in die Blutbahn ein und infiltrierte das Gewebe, Satelliten bildeten sich um das Primärloch, das Infiltrat fing an zu wuchern, Absiedelung von Antizellen und von Antizellverbänden auf dem Lymphweg, Fernmetastasen in Leber, Herz und Hirn, Verschleppung von einer Nervenbahn in alle andern.* Der Arztfreund trinkt, lacht, hält die Maske fest.

And the degree of malignancy, die Lieblingsfreundin rapt und wippt.

Der Arztfreund trinkt, lacht, zerrt an seiner Maske. *Das ist das Loch,* sagt er, *sonst nichts.*

Das Nichts gebiert das Nichts, der Lieblingsfreund stöhnt, trinkt.

Der Physikfreund schnarcht.

Die Leere ist gefräßig, ich brauche immer mehr, der Stoff geht aus, der Arztfreund lacht.

Dann löst das Nichts sich auf in nichts, der Lieblingsfreund stöhnt.

Laure aus deiner Leere auf den nächsten Schreck, ruft die Lieblingsfreundin von ihrer Stuhlkante, *suche unerschütterlich nach allem, was deinem Dasein einen Schrecken einzugeben vermag, nach dem Häßlichen, dem Monströsen, dem splitternackten Ereignis –*

– geil und mörderisch, fällt die Rothaarige ein, *faszinierend wie ein Katastroph!*

Ein Katastroph, ein Muskelkönig! Die Freundin hält den Kopf und läßt die Tränen laufen.

Ein Subspace auf der Place de la Concorde, ruft die Rothaarige, *ein Hyperspace überm Münchner Flughafen!*

Nur weit genug weg von uns muß es sein, die Lieblingsfreundin wippt auf ihrer Kante, *weit genug*

weg von uns, da muß es krachen, platzen, hochgehn und versinken!
Der Physikfreund schnarcht.
Stellt euch vor, brüllt die Rothaarige und springt auf, *ein Nichts nähme Gestalt an, Mißgestalt,* brüllt sie und starrt auf den Physikfreund –
Es handelt sich um die Resakralisierung des Kasperletheaters mitsamt dem daraus resultierenden kurzen starken Ichgefühl, die Lieblingsfreundin wippt –
– *und stellt euch vor,* brüllt die Rothaarige –
Ich brauche immer härteren Tobak, sagt der Arztfreund.
– *die Mißgestalt wäre fett,* brüllt die Rothaarige –
– *welches besagt: nicht ich! ich bin der Kasper nicht! mich hat der Teufel nicht! die Gretel beißt mir nicht die Nase ab! mir geht es gut, gut, gut!* die Lieblingsfreundin wippt.
Ich brauche Kasper! schreit der Arztfreund mit verrutschter Maske.
– *und stellt euch vor, sie platzt,* brüllt die Rothaarige und tritt dem Physikfreund in den Bauch.
Und deshalb, ruft die Lieblingsfreundin von der Stuhlkante, *singen wir jetzt alle tri tra trallala und machen ätsch und drehn die Ratsche.*

Die Frau kommt auf den Platz, die Autos hupen, stoppen. Sie trägt einen Plastiksack, Rhabarberstangen stechen raus. Es ist kühl, es ist später als gestern, sie hat zwei Wolljacken überm Kleid.
Die Frauen am Nebentisch packen Fotoapparat und Fernglas aus. »Erst wichsen, dann kassieren«, labert der Turmschädel und stürzt sein Bier.
Die Frau stellt den Sack auf der Platzmitte ab, der Sack kippt um. Sie bückt sich, stellt ihn wieder auf, lehnt ihn ans Bein. Die Autos fahren im Kreis, die Kellner haben die Flaschen abgestellt.
Die Frau knöpft ihre Jacken auf. »Hihaho!« dröhnts aus den Autoradios. Die eine Hand der Frau faßt in den Ausschnitt, die andere untern Rock. Der Ring blitzt.
Die neben dem Fleischnacken macht ein Foto nach dem andern. »Hohahei!« dröhnts aus den Radios.
Die Hände der Frau bewegen sich, die Autos fahren Schritt, blockieren die vier Zufahrtsstraßen.
»Hoho! hahei! / Hahei! hoho!« dröhnts aus den Radios. Die Hände der Frau bewegen sich schneller.
»Heiaho! heiaho!« dröhnts aus den Radios. »Tor!« kreischt die neben dem Fleischnacken, »Tor!« kreischt die neben dem Turmschädel.
Der Plastiksack kippt wieder um, die Frau nimmt die

Hand aus dem Rock, bückt sich, hebt den Sack auf, lehnt ihn zurück ans Bein.
Der Fleischnacken reißt der neben sich das Fernglas weg. Die Frau stemmt die Knie auseinander, der Rock rutscht hoch, der Plastiksack kippt wieder um, zwei Konservendosen rollen auf die Fahrbahn, die Autos hupen, stoppen.
»Und zack, zack!« brüllt der Turmschädel. »Das wars«, sagt der Fleischnacken und kippt sein Restbier.
Die Autos biegen in die Zufahrtsstraßen ab. Die Frau läuft den Konservendosen nach, sammelt sie ein, steckt sie in den Sack zurück, geht über die Straße, die Autos hupen. Sie geht auf die zu, die an den Tischen sitzen, hält die Hand auf.
Die Kellner schleppen Getränke. Die Frau kommt näher, der Ring blitzt, die Tische leeren sich.

Aus! schreit die Rothaarige und rennt weg. Die Autos hupen, stoppen.

Im Hotel trennt man sich nicht, geht in die Bar, bestellt Hard Liquors.

Gegen die Schlaflosigkeitsverdammnis, der Lieblingsfreund trinkt.

Wachsein ist unheilbar, der Arztfreund gießt nach.

Der Physikfreund sucht seine Rothaarige.

Panik ist das einzig authentische Gefühl, über das wir noch verfügen, der Lieblingsfreund trinkt.

Sie hat eine Todesneigung, sie ist eine Todfreundin, eine Todesfrau, wo ist sie? der Physikfreund strauchelt.

Durchs Kanalgitter gerutscht, die Lieblingsfreundin starrt die Wand an und schüttet langsam ihren Whisky auf den Boden.

Und wenn sie sich was antod? der Physikfreund kippt um, rollt in eine Barecke, fängt zu schnarchen an.

Todsicher ist nur Zyankali mit Mundschuß, der Lieblingsfreund läßt sein Glas fallen und nimmt ein anderes.

Am Anfang war Akasha, und am Ende wird Akasha sein, die Freundin hat ihren Kopf auf der Bartheke stillgelegt.

Der Verlust des Schamgefühls ist ein Zeichen von Schwachsinn, der Arztfreund stößt die Lieblingsfreundin an, die liegt im Sessel, Augen zu, Mund offen, Beine breit. *Delirium tremens,* sagt er, steht auf und wankt zum Flügel, der schwarz und unangetastet in der Barmitte steht, stellt sein Glas ab, setzt sich auf den Klavierstuhl, schlägt einen Anschlag, schlägt daneben, schwankt, sagt, die Tasten seien leer und seine Schläge würden untergehn, *verschellen, binnnnng!* sagt er und schlägt ans leere Glas, *Leere, das ist Verschollenheit!*

Leere ist Unausschöpfbarkeit. Der Kopf der Freundin rutscht von der Bartheke auf den Hokker.

Und hier, der Lieblingsfreund stößt mit dem Kopf der Freundin an, *bleibt ihr Gedanke zielsicher mitten im Gedanken stecken und sickert ein in ihre Sickergrube, ihr Gedächtnis, ihr Leerepotential.*

Ich stemme mich heraus aus ihrem Potential, ich will zu mir, in meine Hütte, Bettburg. Taste mich durch die Hotelhalle, finde die rechte Treppe nicht, nehme die linke, stolpre hinunter statt hinauf. Ein Drehschwindel, ich halte mich an einem Türgriff. Der Schwindel dreht sich aus, ich stoße die Türe auf, an die der Griff geschraubt ist, sehe mich x-fach in blanken Spiegeln vom Boden bis zur Decke stehn, begrüße meine Klone mit einem dreifach donnernden Helau, wanke und greife mir ans Herz, wie Opernkaschper wanken und sich ans Herz greifen, wenn ihnen die Botschaft überbracht wird, die ans Herz greift, stoße an ein weißes Becken, klammre mich an dessen kühlen Rand, wanke mich in Stand, randvoll mit Einfühlung in die Gefühle von bunten Wankmännchen, die statt zwei Füßen eine halbe Kugel haben, hebe den Kopf und sehe mir der Nase nach bis in die Augen.

Die Situation ist und bleibt theatralisch, sage ich mir und sehe zu, wie ich höre, daß meine Zunge schwer ist. Bleibt theatralisch, sage ich, so lange, bis man seinen Vorhang fallenläßt und sich im Arbeitslicht auf seiner Hinterbühne umschaut. Ich zerre an dem schwarzen Stoff, bis der sich vom Schnürboden löst und runterkommt. Da sieht man sich dann ohne Zicke, sage ich und bin mein Zeuge und bin baff. Die Souffleuse hat noch nicht gemerkt, daß die Vorstellung aus ist, und quatscht mir dauernd dazwischen. Schnauze, sage ich und komme gleich auf mich zu-

rück und wiederhole: Sieht sich ohne Zicke, erschrickt vor seiner Heiligkeit, möchte sie schnell vor sich verbergen oder sich vor ihr, schreit Vorhang, drückt auf den Inspizientenknopf, obwohl man weiß, daß die Maschine aus ist, schreit trotzdem, schaut und schaut sich dabei weiter, vergißt den Vorhang, weil man kapiert, daß man – wie sagt der Lieblingsfreund? – schlußendlich nicht um sich herumkommt, und kommt – wie sagt der Lieblingsfreund? – schlußendlich zu sich selbst.
Bis eine Klotür aufgerissen wird, die Rothaarige rauskommt, schreit, die Leere sei tot, sie habe sie erschlagen, und in die Spiegel drischt. Die platzen, Scherben fliegen, die Rothaarige ist blutrot.
Bin ich im falschen Stück? Sind Spiegeltricks im Spiel? Hat eine Scherbe mich getroffen? Bin ich blind?
Ich kann mich nicht mehr tragen, hör ich die Rote und sehe, wie sie anfängt, sich auszuziehen, eine Bandage von der Brust zu wickeln, Lederriemen abzuschnallen, sich mit den Händen den Kopf vom Hals zu heben, ihn auf den Chippendale-Tisch zu stellen, auf dem die Klofrau, die hier bis Mitternacht arbeitet, ihre Zahlschale stehngelassen hat. Sehe, daß ihr Rumpf aus Holz ist, Arme und Beine aber sehe ich aus Menschenmaterial.

Die Arme schnallen die Beine vom Holz, der Mund im Kopf, der auf dem Tisch steht, sagt: So hilf mir doch! Die Arme strecken sich mir entgegen, die Beine laufen los, der Holzrumpf kippt, schlägt auf den Marmorboden, die Beine laufen aus der Tür, der Rumpf läuft ihnen auf den Händen nach, der Kopf fällt vom Tisch und rollt hinterher.

Vier

Ist sie tot?

Nein, genäht im Krankenhaus. Die Lieblingsfreundin sitzt an meinem Bettrand.

Im Mund ist es zu laut, Speichel sammelt sich, glitscht und flitscht, wird klacksend geschluckt, die Gehörgänge krachen aneinander, Porzellan schlägt auf Porzellan, schwere Vorhänge schrammen von der Brustmitte über altes Parkett, es pfeift und heult, Abflüsse glucksen, Leitungen surren, ein alter Kühlschrank wird vom ersten Stock auf die Straße gestoßen.

Du hast zuviel getrunken, wir haben dich im Klo gefunden, du lagst in den Scherben, die sie gemacht hat. Die Freundin steht auf und will gehn.

Nein, bitte bleib mir hier!

Sie bleibt. Mir ist kalt. Sie legt sich neben mich.

Hast du Fieber? Schockfieber? Sie kommt mir nah, gibt Wärme ab, riecht gut.

Und ist sie ganz zerschnitten und zerstört?

Die Lieblingsfreundin knipst das Licht aus. *Grusel,* sagt sie und kommt mit ihren Füßen. *Ich bin ein Feelie,* sagt sie und kichert. *Kichern und gruseln,* sagt sie und beißt mir ins Ohr, *Wracks, Tod und Untod, die Rutschpartie ins Leere.*

Ich friere, mir ist schwindlig, ich rücke ab.

Okay, okay, sagt sie, *ein Leere-Lullaby: Du hast doch die Ilse gekannt, die Alte, Kleine, Klitzekleine, die auf dem Sterbebett gesagt hat: Lachen tät ich, wenns drüben auch nix wär.*

Ich auch, sag ich.

Ich auch, sagt sie.

Wir kichern.

Ilsebilse, keiner willse, die Freundin zieht mich in den Schoß. *Die Ilse war siebenundneunzig, als sie der Schlag getroffen hat. Zwei Tage vorher war ich bei ihr, hatte mein tape cartridge im Gürtel unterm Rock, wollte eine Wrack-Geschichte aus ihr machen. Es war schwül, die Büsche und die Bäume ihres Gartens hingen voller Kleiderbügel. Sie stand mit nackten Füßen fassungslos vor ihrer Haustür und sagte: ›Die Büsche und die Bäume hängen voller Kleiderbügel. Das ist wie 44 oder schlimmer!‹*

Die Freundin flüstert, macht die Ilse nach, hessisch und jiddisch, wir kichern, lachen, biegen uns vor Lachen.

Sie haben einen Schalter bei mir angebracht, mit dem sie mir das Licht ausknipsen, und einen Störer eingebaut, mit dem sie mir das Hören stören.

Lachkrampf, wir halten uns die Seiten.

Okay, okay, sagt die Freundin, *ich bin jetzt die Ilse, und du bist ich,* sagt sie, drückt mich zurück aufs Bett, beugt sich über mich und spricht als Ilse weiter: *Sie wollen an meine unveröffentlichten Manuskripte, wollen Skandal damit machen, mich auffliegen lassen, die Meschugaß schickt einen Portado nach dem andern.*

Portado, frage ich.

Tornado, sagt die Freundin und spricht als Ilse weiter: *Der fährt in meine Seiten, wühlt sie auf und bläst sie in den leeren Raum, dort ersaufen meine Wörter dann als nix und wieder nix im Lake of Garnix.*

Stell dir vor, die Freundin ist mit ihrem feuchten Mund an meinem Ohr, *die zwanziger Jahre, die Literatinnen, die jüdischen, die Frauen-Frauen mit den Händen in den Hosentaschen, gescheit, lasziv und frech.* Die Freundin zieht mir die Decke weg, betrachtet mich, fängt an, mein Hemd aufzuknöpfen. *Ich mag dein Hemd nicht,* sagt sie, *ich mag die schwarzen Punkte nicht auf deinem Hemd.*

Okay, okay, sagt die Freundin, weil ich mir das

Hemd wieder zuknöpfe. *Okay, okay, ich erzähl die Ilse-Geschichte zu Ende. Am selben Abend bekam sie ihren Schlaganfall, der Störer war in Betrieb, der Schalter ausgeknipst, sie stand im Dunkeln. Zwei Tage später hab ich sie besucht. Ich hatte das tape cartridge unterm Rock, doch sie lag viel zu klein in einem Bett für große Kranke, hatte alle ihre Perlenketten umgehängt und hat gesagt: ›Du mußt schnell wieder gehen, kleine Maus, sonst beiss' ich noch ins Gras, solang du Dienst hast, dann kriegst du einen Haufen Dreck.‹ Und dann,* die Freundin kommt mit ihren Händen, *hat sie angefangen, zu tasten und zu kratzen und in die leere Luft zu greifen.*

Das tun sie alle, wenns ans Sterben geht, sag ich, tasten über die Bettdecke, kratzen an der Wand lang, kratzen Leere auf.

Und wenn die Leere aufgekratzt ist, wird sie wild, flüstert die Freundin und drückt mir ihr Knie zwischen die Knie. *Ilsebilse, keiner willse, da kam der Koch und nahm sie doch,* flüstert sie und drückt ihr Knie höher.

Wir kichern. Kichern, was das Zeug hält.

Das Zeug bricht, und ich rücke ab.

Nach einer leeren Weile, an deren Ende wir die kalten Nachtfüße wieder zusammenstecken, macht die Freundin ihren Finger spitz, deutet auf einen schwarzen Punkt von meinem Hemd, sagt: *Los, jetzt bist du dran*, und ruckelt sich bei mir zurecht.

Der Punkt wird größer, Florian taucht auf und brennt. Er brennt, wie er gebrannt hat in jener Nacht in Hamburg im Januar – vor wieviel Jahren war das? Die Freundin hats vergessen –, kriecht auf den Punktrand wie auf die Fensterbank, steht auf der Kippe, wie auf dem Dach von seinem Feuerhaus, will aus dem Brennpunkt rüber aufs Nebenhaus, in einen stillen Gutenachtpunkt meines Hemds, sucht Halt auf meiner glatten Seide, so wie er Halt auf seinem Dach gesucht hat, ein Ziegel löst sich, er rutscht ab, rutscht in mein weißes Hemd wie in die Schneenacht, rutscht, aber fällt nicht, schlägt nicht auf, liegt nicht zerschlagen und verkohlt auf meinem Bettvorleger, wie auf der Fahrbahn vor seinem Haus, fliegt auf, schwirrt ab, zischt lichterloh durch meine Nacht, taucht draußen in Meerwasser unter, löscht sich, vergißt sich, der schwarze Punkt raucht aus. Ich rücke wieder ab.

Die Freundin kommt mit ihrem Finger nach, deutet auf meinen nächsten Punkt, sticht rein, sagt: *Bruder Heinrich, unser interface, den Todespsalter, bittschön!* Sie bohrt und zwingt mich.

Bruder Heinrich, der den Anschlag aufs eigene Leben detailliert beschrieben und veröffentlicht hat, der schrieb, er werde sich nicht nur entleiben, sondern auch entselbsten, der immer auf dem Sprung gewesen ist und viel zu lang gebraucht hat, um einen Abgrund zu finden, der ihm tief genug war, so lange, bis ihm keiner mehr geglaubt hat, daß er springt. Der Bruder war ein Spieler. Ich höre seine Leserinnen kreischen, wenn er das Hemd verspielt, die Hose und die Unterhose, sehe, daß er den Kreischerinnen seine Häßlichkeiten ansieht, weiß, daß er weiß, daß nackte Dichterhäßlichkeit biedere Bodenseelerinnen zum Kreischen bringt und daß er sich zum Ende reizt, indem er sie den Kreischerinnen vorführt.
Der Bruder war ein Zauberer. Ich sehe ihn auf einem Berg aus Zaubermüll in seinem Pförtnerhäuschen sitzen, mitten in einem schwarzen Punkt von meinem weißen Hemd. Vielleicht hat er in seiner letzten Stunde noch mal gezaubert, hat den Lappen vielleicht auf allen Seiten noch mal hochgehn lassen, noch mal den Rundblick gehabt, den Ausblick und den Einblick, und hat vielleicht noch einmal seinen Kasper aus der Hose gezogen und ein letztes ›Seid ihr alle da?‹ brüllen lassen, um ihn dann, mit einer Überdosis Valium, für unsere Zeit endgültig dem Krokodil in den Rachen zu schieben.

Bruder Heinrich! Ich will ihn anrufen in seinem schwarzen Punkt, aber das Telefonzeichen signalisiert: kein Anschluß unter dieser Nummer. Er hat sich unerreichbar gemacht, der Bruder, er hats geschafft.

Bruder Heinrich, sagt die Freundin und rückt mir wieder nah.

Es ist heiß, wir sind naß, wir rutschen aneinander ab. Ich will das ganze Tote jetzt zusammenklappen, in seine leere Ecke stopfen, ein ruhiges Plätzchen in mir suchen, schlafen. Aber die Freundin sieht auf meine schwarzen Punkte, so daß ich mich erinnern muß, wie ich an Vaters Hand durch Krankenzimmer lief und die Alten vom Tod erlösen wollte, wie ich sang und tanzte für die Alten, wie ich mich hätte leersingen, austanzen mögen, meine jungen Jahre ihnen unter die alte Haut tanzen.

Die Klinkerkliniken standen am Berg, die Steingänge waren hoch. Es roch nach Wunden und Desinfektion, nach Schwesternkaffee und Hackbraten. Und der Vater gehörte zum letzten Jahrgang der Menschenärzte.

Komm zur Sterbesache, sagt die Freundin, *oder erzähl mir was, was unter Röcken spielt.*

Die Großmutter hatte mir einen kleinen weißen

Kittel genäht aus dem großen weißen, den der Vater abgelegt hatte. Den trug ich, wenn ich bei solchen sitzen durfte, deren Pupillen als leere Blase auf der letzten Lebenswelle schwammen, angeschwemmt wurden, an meinen kleinen Tanzkörper stießen, zerplatzten und sich verflossen hinter den tiefen Augenhöhlen. Dann saß ich still, um ihre Stille nicht zu stören, und gab die Hand.
Einmal durfte ich bei Willi sitzen, dem alten Bauern aus dem Vogelsberg, der fragte: ›Willst du meine Tiere hören‹, der meinen Kopf an seinen Bauch zog: ›Die Tiere, hörst du sie! Wie wenn die Leber wildgeworden, Wolf geworden wäre, hörst du, sie heult! der Magen ist ein Hund, der Darm ein Bär, die Milz ein Fuchs, die Galle eine Elster, hör doch! die Lunge Walroß, das Herz Elefant, die Nieren Affen, Affenherden, hör doch nur! Die haben Hunger, wollen überleben, ich füttre sie mit mir.‹
Ich saß an Willis linkem Bettrand, die Frau von ihm saß dünn und weiß an seinem rechten.
›Die Frau hat ein Gewächs im Hirn‹, hatte der Vater mir gesagt, ›es hat ihr alles eingewachsen und abgedrückt, was sie fürs Sprechen braucht, für Mimik, Gestik, Ausdruck in den Augen. Der alte Willi hat sie gewaschen und gefüttert, bis ihm dann selber was gewachsen ist. Jetzt sind sie beide hier und warten,

daß sie sterben können, und haben Angst, daß einer vor dem andern stirbt.‹

Die Frau hatte den Kopf zwischen die Schultern gezogen und die Hände in den Schoß gefaltet.

Betet sie, hatte ich den Willi gefragt.

›Sie denkt‹, hatte der Willi gesagt.

Und dann, hatte ich den Willi gefragt.

›Frißt sie vielleicht mein Hund.‹

Die Freundin stochert in meinen schwarzen Punkten rum. *Paß auf*, sagt sie, *mein Herz, es wird noch von dir heißen, du seist Nekrologin, sie werden dich noch Nekromantin, Nekropistin nennen, und eines Tages wird sich eine Zeitungsspalte auftun und dich verschlingen.*

Die Freundin kichert, ich bin wütend. Presse mein altes Schluchzen, das mir eben hochsteigen will und schon die Brust verklemmt, mit Wutgewalt zurück in seine Dunkelkammer, mein altes Zukunftsschluchzen, das sich schon bis zum Kehlkopf hochgeschluchzt hat und dort drückt und schnürt und wiederum den Ursprung seines Aufstiegs in der Erkenntnis hat: Fehl bist du in der Welt am Platz, ein Gutenbergsches Hurenkind, fällst aus dem Satzspiegel, hängst über, man wird dich streichen, – und wüte los. Ich geh der Freundin an den Kragen, sie ist ja selber von der Zunft und büßt mir jetzt: O all ihr kurzen kleinen Stimmen dieser Zeit, wenn ihr wüßtet, wie euch meine Seele verarscht!

Es rauscht.

Was rauscht, frag ich.

Du, schreit die Freundin und dreht sich ab und dreht sich wieder ein, grinst, sagt: *The tone of emptyness, ein Leere-Hiphop, es rauscht uns ein.*

Kopernikus, sag ich.

Ach, ja, Kopernikus, il componista, die Freundin lacht zu laut, *der muß jetzt über neunzig sein. ›Ich hocke neben meiner Phantasie am Grund, wir beide tragen welke Trenchcoats, es ist kalt und still wie in einem Hotelzimmer am Stadtrand, wir hocken in der Klemme‹, hat er gesagt und mich gefragt, ob ich mich auf ein Glas Wein zu ihnen beiden gesellen wolle. Seither hab ich ihn oft besucht. Er haust und trinkt. Und ich ging immer wieder hin. Hatte mein tape cartridge im Gürtel unterm Rock, nahm auf, was er erzählte, versprach mir viel Erfolg von seiner Wrack-Geschichte.*

Die Freundin würgt, nimmt sich zusammen und spricht weiter: *In seiner Jugend war Kopernikus berühmt, geachtet, anerkannt, Avantgardist der Seriellen. Sein Alleluja, ein Autosakramental für*

Radong und Alphorn, kommt heute noch über die Sender. Danach hat er nichts mehr veröffentlicht, gilt als gescheitert, leergebrannt.

Die Freundin würgt. Würgt gegen mein Schluchzen an, mein Schluchzen, meins! das ihr jetzt aufsteigt.

Sie würgt es ab, spricht weiter: *Seine Wohnung war ein Saustall, in jedem Zimmer stand ein verstimmter Flügel, leere Notenpapiere türmten sich mit riesigen Körnerhaufen um die Wette, riesige Wasserwannen standen rum, Seile waren durch die Räume unter den hohen Decken quergespannt – für Tauben!* schreit die Freundin. *Il componista hielt sich Tauben, weil sie die Tonträger der Leere seien, ihr Ton, hat er gesagt, sei Leerewalten. Ich habe siebzehn fette Tauben bei ihm gezählt, die schissen alles voll und schrien, weil sie nicht aus den Fenstern konnten. Schreiende Tauben,* schreit die Freundin, *der Leereschrei, das große Hu!* Sie würgt, krampft, faßt sich wieder. *Kopernikus sprach unentwegt von seiner großen Leerekomposition, von dem Nullsatz im Tonsatz, von seriellem Leerlauf und dodekaphonischen Ratlosigkeiten, über die Wucherungen von Hall und Nachhall, das Timbre von Stimmen, die im Halse steckenbleiben, Abgesang, Auflösung und den schwarzen Markt der falschen Noten. ›Ich*

mache den Versuch‹, hat er gesagt, ›den ersten, einzigartigen in der Musikgeschichte, meine Autobiographie zu vertonen, ich mache den Versuch‹, hat er gesagt, ›und scheitere daran seit nunmehr fünfzig Jahren. Ich mache den Versuch‹, hat er gerufen, ›creare est aliquid ex nihilo facere!‹, ich steige in mein eignes Nichts hinab, denn alles, was ich war und bin, ist Nichts, ins eigne Nichts, aus dem alles hervorbricht, ausbricht, treibt, sich formt und laut wird. Ich rufe meine eigne Leere an, barrra! hörst du‹, hat er gerufen. ›Ex nihilo fecit illa! Der ewige Ruck zur Schöpfung ist schon in Ton gesetzt, und das Nichts selber, hörst du, da rauscht es los! und ist vollkommen! – Man hört es nicht, man hört mich nicht, man überhört mich, sagt, ich komponiere nichts‹, hat er geschrien, ›denn das Vollkommene ist aller Kreatur unhörbar, unkennbar, unbegreifbar, ihrer Kreatur gemäß. Und darum nennt sie das Vollkommene Nichts, denn es ist nicht von ihrer Art.‹
Sein ganzer Körper, wimmert die Freundin, *schwach, weiß und nichtsnutzig, schien Klangkörper seiner Komposition zu sein. Vor einem Jahr wurde er krank, fing an zu zittern und zu zucken. ›Hopp, hopp, die Beine, schau‹, hat er gesagt, ›das Zucken gibt mir meinen neuen Rhythmus vor, die*

Außentöne potenzieren sich, übersteigern ihr eigenes Wesen, werden schamlos, taktlos, zotig, perforieren meine Gehörgänge, verwachsen und verwuchern sich in meine Paukenhöhlen, verschwistern und verschwägern sich schleimig mit meinen Nervenzellen, stoßen gewaltsam bis in beide Sinus frontales vor, Fliegeralarm durch meinen ganzen queren Kopf, Krieg und Nachkrieg, Zusammenbruch und Inflation, Tommy und Iwan, blonde deutsche Nutten!‹ Als ich das letzte Mal bei Kopernikus war –

Mein Schluchzen unterbricht die Freundin, es preßt sich hoch, bricht aus. Mein Schluchzen, schreie ich, nicht deins!

Und sie spricht weiter: *Als ich das letzte Mal bei ihm war, war er wie ein Insekt geworden, ein Heuschreck, eine Marionettenspinne, aufgehängt am siebten Halswirbel, von oben her bedient. Sein Hemd war offen, sein Nabel stand rund vor, war prall und glatt, als ob da mitten in Alter und Verfall was Junges, Gesundes sich obszön behaupten wollte. Ein grelles geiles Quietschen schien aus dem Nabelding zu kommen, ›Alla marcia‹, rief Kopernikus, ›hörst du, ein Tanzmarsch, mein neues Leitmotiv!‹*

Mein tape cartridge fing plötzlich an zu spinnen,

es quietschte mit dem Nabelding zusammen, rutschte mir aus dem Gürtel, fiel durch den Rock, lag zwischen meinen Beinen am Boden vor Kopernikus. Er war entsetzt. Ich war entsetzt. ›Gut Nacht, Marie‹, hat er gesagt, und ich bin weggerannt.

Die Freundin schluchzt mein Schluchzen, schreit – und plötzlich schreit noch mehr. Die Großmutter? Der Vater? Ich taste nach den Eisenstäben, suche den Pfosten meines alten Betts.

Bug! schreit die Freundin, *fault! absolute error!* schreit sie. *Citter ist weg!* sie wimmert, krümmt sich. *Citter, die junge Dschinn aus fairy-array, verstehst du mich! Program aboard! Ich krieg sie nicht mehr hin!* Die Freundin krümmt sich. *Okay, okay, ich habe was mit Dwic gemacht, auf system program 2, auxiliary routine, war überhaupt nicht wichtig, hat mein program mit Citter nicht im mindesten berührt, war nur refresh operation, du verstehst! ein quickie, weiter nichts. Mit Citter, das war ernst, das war kein Spiel, das war das Leben, verstehst du mich!* Die Freundin krümmt sich. *Ich kriege nichts mehr auf die Reihe*, wimmert sie, *die Palmen, verstehst du! diese Riesenpalmen, ich hab bisher noch nie so tolle Palmen hingekriegt, die Palmen, unter denen ichs mit Dwic getrieben habe, ich wollte sie vom Dwic-program aufs Citter-program übertragen, und dann,* die Freundin schreit, *hab ich beim update einen read-error gemacht, ein Dwic-slip ist mir in mein Citter-program reingerutscht. Und Citter hat geschaltet, ist durchgeknallt, sie hat mich auch geliebt, verstehst du! und hat sich via fuzzy logic selbst gelöscht.*

Ich stehe auf und will zum Fenster.

Da schreit die Freundin wieder los: *Es saugt mich,* schreit sie, *es ist ein Punkt von deinem Hemd, ein Hemdloch, das mich saugt, es saugt mich auf! Ziehs Hemd aus,* schreit sie und kommt mir nach. Ich will sie aus dem Fenster schmeißen, sie hält den Mund und kriecht zurück ins Bett, schläft auf der Stelle ein, wird breit, schnarcht gegen mich vor.

Und weil sie jetzt nicht mehr auf meine schwarzen Punkte sieht, muß ich hinsehn, muß die Großmutter sehn, wie sie aus einem Punkt heraussteigt, als Kabbalist aus Prag, Lublin, Taschkent, mit umgehängtem Bart und angeklebten Pejeß, mit Taleß, Schtraimel, Tfiln. Wie geht der Witz mit den außerirdischen Juden, die du an ihren grünen Knöpfen erkennen kannst?

Sie hat einen Teelöffel in der einen Hand und in der anderen unsere alte Schnabeltasse. »Lurianische Medizin«, sagt sie und hält mir den Löffel mit braunem Saft unter die Nase. »Die Leere pur, das reine Nichts«, sagt sie. »Kannst schlucken, soviel du willst, hat keine Nebenwirkung.«

Sie spricht, wie sie gesprochen hat, wenn Besuch da war, wenn sie im Studierzimmer saßen und Überlebensgeschichten erzählten. Jeder Besuch hatte seine Überlebensgeschichte, und keiner verstand, daß er seine Geschichte überlebte, in Tel Aviv, Stockholm, New York. Und, hatte ich für mich herausgefunden, jeder überlebte in seiner Geschichte, und keiner schien zu leben.

Sie spricht Hochdeutsch auf den Spitzen ihrer Schneidezähne, auf den äußersten Zahnspitzen. Die Zähne sind falsch, sie trägt ein Gebiß aus zwei Teilen. Ich weiß, wie das Gebiß aussieht, weil die gebleckten Hälften aus Kautschukfleisch mit Porzellanzahn nachts im schlierigen Wasser des Zahnglases lagen. Aber ich weiß nicht, wann sie ihre Zähne

verloren hat und wo. Sie hat geschwiegen über die zwölf Jahre in ihrer Lebensmitte oder in der Nacht geschrien.
Und geredet hat sie nur, wenn sie am Fronleichnamstag an der Hauptstraße der Berg- und Talstadt zwischen den frischgeschlagenen Birkenbäumchen und den Kirchenfahnen zuschauen stand, wenn der Pfarrer mit den Posaunenbläsern vorbeimarschiert war, wenn das Fußvolk bekennender und praktizierender Katholen mit den eingefallenen Wangen und den dunklen Augenrändern des Hl. Ignatius angerückt kam, an dessen Geißelhiebe gemahnend, an Katz, Kauz, Kreuz – der Hl. Zimmermann hat ihnen das Kreuz zurechtgezimmert, hatte ich für mich herausgefunden, damit sie sich mit zwei Armen und zwei Beinen an zwei Balken halten können, im festen Glauben, es wären vier, und hatte fortan Kreuze gemalt, malte mich selber als Jesusa dran und wartete auf meinen Halt –, wenn eine hagere Frau mit dem Kreuzstock im Rücken auftrat und ihre Stimme über die Kreuzlieder hinausjubelte, bis die auf halbem Weg zum Himmel scheppernd zerbrach. Die sei eine Konvertite, hatte die Großmutter dann jedesmal gesagt, die sei eine Gojte geworden und habe doch vordem in TH – sie hat niemals Theresienstadt gesagt – den Strohsack mit ihr geteilt. Und dann ergriff sie je-

desmal Gotteszorn. Daß es Gottes Zorn war, hatte ich für mich herausgefunden, weil ich herausgefunden hatte, daß der Urgroßvater, der Rabbiner, dessen Auge-um-Auge-Augen ich von der kartonierten Photographie der ›Photographischen Kunstanstalt Heiligenbeil‹ aus Breslau kannte, die Großmutter wegen ihrer Heirat mit dem Christenmann für tot erklärt hatte, daß der erklärt hatte, er hätte statt vier Töchtern nur noch drei, daß dem später noch zwei Töchter mit Christenmännern durchgegangen waren, daß der dann jedesmal gesagt hatte: ›Der Herr hat gegeben, der Herr hat genommen, der Name des Herrn sei gepriesen‹, daß der sein Gewand zerrissen hatte auf der rechten Seite, sieben Tage Schiv'a gesessen auf der nackten Erde, aus dem Buch Iob und dem Buch Jeremia gelesen und verboten hatte, den Namen der Großmutter fortan zu nennen, sie zu entbehren oder zu erinnern. Und obwohl die Großmutter nach dem Glauben des Urgroßvaters tot war und obwohl sie seine Totenklage ohne den Kreuzhalt auf sich genommen hatte und keine Gojte geworden war wie die andere, war sie nach Theresienstadt gekommen und hatte dort mit der Gojte auf dem Strohsack überlebt. Und deshalb war Gott zornig. Er war zornig, weil sein langer Michelangelofinger zu kurz gewesen war, um die Gottesleere zu durchstoßen und

die Großmutter und seine ganzen andern Leute zu berühren, um sie unberührbar zu machen.
Entweder, hatte ich für mich herausgefunden, schweigen sie oder sie schrein in der Nacht oder sie hören nicht auf, ihre Geschichten zu reden. Es gibt kein Maß, das man an sie legen könnte, denn ihre Riemen, hatte ich herausgefunden, sind längst gerissen.
Ich weiß nicht, wann die Großmutter die Zähne verloren hat und wo, ich hab es nicht herausgefunden. Aber weil Theresienstadt für mich den Überlebensklang hatte und weil ich gehört hatte, daß Berge von jüdischen Zähnen gefunden worden waren, und weil die Nachbarskinder gesagt hatten, Juden seien Geldsäcke, hatte ich für mich herausgefunden, daß man im Krieg und in der Hungersnot sein tägliches Überleben mit seinen Zähnen bezahlt hatte, Zahngeld wie bei den Apachen, und daß die Großmutter ihr Überleben mit ihren Zähnen bezahlt hatte.
Die Großmutter war in meinem Bett gestorben, damit sie sich an seinen Eisenstäben halten konnte und nicht herausfallen mußte aus ihrem Holzbett, hinein in die Nacht, ohne die Tonscherben auf den Augen gegen das Blickfeld, ohne den Myrtenzweig in der Hand für den Weg, den sie sich damit graben wird am Tage des Meschiach bis ins Heilige Land.

Ich hatte das Theater sausenlassen, Kündigung riskiert, Konventionalstrafe in Kauf genommen und war an mein Bett zu ihr gekommen.
›Setz dich‹, hatte sie gesagt und den krummen Schreibfinger gehoben, ›ich werd dir was erklären‹, hatte sie gesagt, ›Er‹, hatte sie gesagt, und den krummen Schreibfinger übern Kopf gehoben, ›hat alle Dinge aus dem Nichts gemacht, und dasselbe Nichts ist Er selber, und wo Er selber nicht mehr ist, weil Er sich von sich selber auf sich selbst zurückgezogen hat, sind wir. Er‹, hatte sie gesagt, ›hat den Zimzum gemacht, Er hat sich in sich selbst verschränkt, um Raum für uns zu machen, Leerraum. Doch als Er sich zurückgezogen hat, ist ein bißchen von seinem Goldstaub in unseren vier Wänden hängengeblieben, Halleluja! Und jetzt‹, hatte sie gesagt, und die Hand mit dem Schreibfinger war ihr auf die Bettdecke gesunken, ›jetzt, Kinderlach, jetzt kommts drauf an, hineinzublasen in den Staub, damit er sich verteilt, der Rest ist Schmonzeß, Amen.‹
»Zimzum«, sagt sie und hält mir den Löffel an den Mund, »ein Depotpräparat. Schlucks«, sagt sie und drückt mir den Löffel zwischen die Lippen. »Bitter«, fragt sie und gibt mir Pfefferminztee aus der Schnabeltasse. »Spekulier nicht«, sagt sie und hebt den Schreibfinger, »die Wirkung stellt sich früher oder

später von selber ein. Von selber«, sagt sie, »von sich selber auf sich selbst.« Zwirbelt den Bart, dreht die Pejeß, schnallt die Tflin fest, hängt den Taleß übern Schtraimel, sagt: »Mach dir Nichts draus«, und zieht sich in ihren schwarzen Punkt zurück.

Die Hähne heulen, der Morgen bricht pünktlich an. Draußen läuft der kurze Schatten des Lieblingsfreundes, läuft über die Hotelterrasse, wandert übern leeren Strand.

Der Lieblingsfreund hat mir gesagt, sein Gesicht werde schwarz, und wirklich, wie ich es jetzt vor mir sehe, kommt es mir dunkler als gestern vor. Seine Augen sind aus Glas, seine Nase aus Pergament, um seinen Mund ist Schorf und Schrund, der Aussatz der Verstimmten.

Was aber, liebe Freundinnen, geht euch mein kurzes kleines Elend an, fragt er mit eingeknicktem Lächeln. *Ich bin aus meiner Schlaflosigkeitsverdammnis ausgestiegen, meinen blökenden Gedankenherden davongelaufen, na und? lüfte mein stinkendes Seelenübel aus, hänge mein angstverkotetes Nachthemd ins morgendliche Zwielicht, na und, na und? was stürzt ihr mir da hintennach, was treibt ihr euch da um mich rum? Frauensorge riecht schlecht, und Caritas hat Abwehrschwäche.*

Wir konnten auch nicht schlafen, nach dem, was gestern war. Die Freundin lügt dem Lieblingsfreund in die Glasaugen.

Mein durch Medikamente ramponiertes Gedächtnis läßt mich im Stich, ich weiß nicht mehr, was war. Der Lieblingsfreund sucht das Gesicht der Freundin nach Anhaltspunkten ab.

Da fängt die Freundin an zu lachen, lacht, schallt bedenkenlos in den Morgen.

Gib mir den Ariadnefaden, bittet er und greift sie.

Sie drehen sich weg, sie rollen sich fort von mir. Sie verschwinden hinter einem Steinhaufen.

Die Komposition beginnt mit dem Vorspiel. Ich setze mich in den Sand diesseits des Haufens, höre zu. Zwei kleine Atmer werden größer, bekommen Resonanzböden, doppelte Böden, werden schneller, noch schneller, machen Jagd, zielen, verfehlen, setzen aus, lauern, lüsteln, jagen wieder ab.

›Ich habe meine Krankheit einbetoniert wie Tschernobyl‹, hatte der Freund mir gesagt, aber die ersten Risse würden reißen, die ersten Fremdgefühle strahlten wieder auf, und da er für neue Gegenmaßnahmen nunmehr zu kraftlos sei, befände er sich schlußendlich in Erwartung vollständiger Überfremdung.

Das ganze Orchester setzt jetzt ein, die Japser und die Jaunerer, die Heuler und die Jauler, Veratmer, Verschlucker, Jammerer und Jauchzer, die Schnaufer, Keucher, Hechler und die Heuler, die Seufzer, Stöhner, Krächzer, Ächzer. Das Hohelied wird markiert, die Aida-Trompete wird angeblasen.

›Meine Seele ist so wund, daß mir ..., wenn ich die Nase aus dem Fenster stecke, das Tageslicht wehe tut, das mir darauf schimmert.‹ ›Kleist‹, hatte der Lieblingsfreund auf sein Schild geschrieben, seine Fenster verrammelt, seine Tür vernagelt, seinen Freunden sagen lassen, er wohne getrennt von sich. Hatte wochenlang in seiner Dunkelkammer gesessen, sich durchschaut, geklärt und schließlich zum Schlag gegen sich ausgeholt. Der Schlag war danebengegangen, war gegen seine vierte Wand gedonnert, die war davon eingestürzt, seither steht er im Regen.

Er schreit. Ich muß hin. Wie macht ein Selbstmörder Liebe?

Der Strand ist noch ganz weit und breit, noch kein Mensch unterbricht seine Geraden, kein Hund, keine Katz, kein Flieger stört den Himmel, kein Schwimmer das Meer.

Der Freund liegt zuckend auf der Freundin, die strotzt unter ihm, nimmt das Zucken in die Hand und formt es um zu Stoßen. Sie stoßen gegeneinander vor, hämmern sich ein, rammen sich fest. Der Freund schreit, die Freundin auch, sie schreien wie die Schauspieler, die Narrenspieler, Krepierspieler, schreien sich immer weiter voneinander weg, stoßen sich immer tiefer ab, vergessen einander immer mehr, bis sie einander nicht mehr kennen, bis zum Ausschrei, dem Abpfiff. Der Freund ist fertig, die Freundin auch.

Die Klosterglocken schlagen, rufen zur Frühmette.

Der Freund robbt davon, kriecht auf allen vieren, verscharrt sich in sein Selbstmördereck. Die Freundin ist neben dem Steinhaufen liegengeblieben, ein leeres Ding, wenn Wind aufkommt, fängts an zu scheppern.

In der Kirche hocken die ersten Morgenweiber in den harten schwarzen Wolljacken, mit den schwarzen speckigen Kopftüchern, den Haaren am Kinn, den Essensresten in den Mundfalten, den Nachtkrusten in den Augenwinkeln, ziehen die Rosenkränze durch die Hände, murmeln, raunen, davon webt sich ein haariger Teppich, in dem ich hängenbleibe.
Und die Frau vom Platz sehe, wie sie sich zwischen die Morgenweiber klemmt, im speckigen schwarzen Kopftuch, in der harten Wolljacke, sehe, daß ihr der Rücken rund ist vom Bücken, die Beine krumm vom Tragen, die Finger dick vom Kneten, Waschen, Wringen. Sehe den Fingern zu, wie sie nach dem Gesangbuch greifen, wie sie hochfahren zum Mund. Der Ring blitzt, die Zunge leckt die Finger, die Finger schlagen die Seiten um. Dicke ungelenke Bauersfrauenfinger, ehrbare alte Gesangbuchfinger.

Fünf

Wir erleben nichts als die Verwirklichung unserer Utopien, sagt die Freundin und hält sich den Kopf.
Das heißt, ihren Untergang im Meer der negativen Energiezustände, ihr Absaufen im Diracsee, sagt der Freund der Rothaarigen, die zu genäht und bandagiert ist, um was zu sagen.
Nein, im Realen, in der Alltagssuppe, sagt der Lieblingsfreund und trinkt.

Es ist Sonntag, auf der Frühstücksterrasse fließt der Schampus umsonst. Noch ehe die Gesichter der Freunde wach werden, macht sich der Alkohol in ihnen breit.

Das Tao geht so lange zum Brunnen, bis es bricht, lallt die Freundin und hält sich den Kopf.
Höchstvakuumtechnik, der Weg von der methodenorientierten Grundlagenforschung zur marktorientierten Anwendung, sagt der Physikfreund und trinkt.
Milchhunger, schreit die Lieblingsfreundin und kippt Milch.

Progressive Paralyse plus Meningitis, zuviel gevögelt, Freunde, zuviel Sonne, sagt der Arztfreund.
Sie will mit Kuhauge grüne Welt sehn, sagt der Lieblingsfreund, *will sich das weiße Rauschen aus dem Schädel muhen und das Gefasel, das ebenfalls von dorten rührt, das ihre Ohren, die Poren, ihre Sensoren, Rezeptoren zufaselt und sich durch Faselteilung vermehrt wie Türkenwitze –*
Die Leere wird dichter, sagt der Physikfreund, ringt nach Luft und stößt seiner Rothaarigen ans Glas, bis es zerstoßen ist.
– und weiß doch nicht, setzt der Lieblingsfreund drüber, *weiß noch nicht, daß alles vollgefaselt ist, kein faselloser Fitz mehr in der Atmosphäre.*
Ich lehne es ab zu leiden, und ich lehne es ab, mit dem Leiden anderer konfrontiert zu werden, sagt der Arztfreund und hebt die Flasche.
Die Freundin, die sich den Kopf hält, hat einen Schluckauf.
Die Leere wird zu dicht, keucht der Physikfreund.
Der Freundin wird der Kopf vom Schluckauf aus der Hand gerissen.
Atemdepression, sagt der Arztfreund und gibt der Freundin die Flasche.
Der Physikfreund läuft rot an.

Jetzt ist er acidotisch, sagt der Arztfreund.
Die Freundin trinkt und erledigt ihren Schluckauf.
Der Physikfreund läuft blau an.
Jetzt wird er zyanotisch, ein Zyanotiker, ein Bläuling, bitte sehr! Die Osmorezeptoren schlafen ein, die Nerven schießen nicht mehr los, diverse Zelltypen machen Feierabend, was im Gehirn ankommt, ist nur noch Scheiße. Exitus, sagt der Arztfreund und prostet uns zu.

Die Lieblingsfreundin ist jetzt auch beim Schampus, dreht sich, überdreht und fängt sich wieder:
Ein Plenum für das Vakuum!
Der Physikfreund atmet auf und ergreift das Wort: *Entdeckt wurde, daß bei negativer Energie alle Teilchen virtuell sind –*
Hier stellt sich die Frage, stöhnt der Lieblingsfreund –
– *und ferner wurde entdeckt,* spricht der Physikfreund weiter, *daß alle virtuellen Teilchen spontan aus der Leere entstehen und wieder in ihr verschwinden. Vergängliche Erscheinungsformen,* sagt er und stößt seiner Rothaarigen ans zerstoßene Glas, *nur scheinbar vorhandene. Erscheinungsformen,* sagt er und starrt seiner Rothaari-

gen ins bandagierte Gesicht, *ohne jede fundamentale Identität.*
– *die Frage stellt sich,* brüllt der Lieblingsfreund –
– *ob unsere Szene von Anfang,* jammert die Freundin und hält sich den Kopf –
– *oder erst von irgendeinem blank an,* schreit die Lieblingsfreundin auf der Stuhlkante –
– *nicht mehr wirklich war,* stößt die Rothaarige heraus. Durch ihre Bandagen bricht Blut, das Weiß saugt sich voll Rot.
Ob wir den Knall überhört haben, wimmert die Freundin und hält sich den Kopf –
– *ob die Symmetrie gebrochen ist,* schreit die Lieblingsfreundin und wippt auf ihrer Stuhlkante –
– *ob unbemerkt der Übergang von einem Vakuumzustand in einen anderen stattgefunden hat,* schreit der Physikfreund, trinkt, schwitzt –
– *ob wir das Tor zur Antimaterie aufgestoßen haben,* die Lieblingsfreundin zieht der Rothaarigen den Faden aus dem Blutmund –
Macht hoch die Tür, die Tor macht weit, der Arztfreund grölt, greift der Freundin, die sich den Kopf hält, zwischen die Schenkel und sagt, er sei Arzt.
– *ob wir Ordnungen sabotiert haben,* stöhnt der Lieblingsfreund –

Die Freundin läßt den Kopf los und den Arztfreund treiben, nimmt der Lieblingsfreundin den Blutfaden aus der Hand und legt ihn sich um den Hals.
– *ob wir Geheimnisse profaniert haben,* stöhnt der Lieblingsfreund –
Die Lieblingsfreundin greift nach dem Fadenende und hält es als Zündschnur in der Zitterhand.
– *ob wir Wirklichkeit simuliert haben,* brüllt der Lieblingsfreund.
Die Zündschnur ist abgebrannt, der Stoff explodiert: *Wir sind die Bewohner des Quantenfelds!* der Physikfreund hebt sein Glas, trinkt, der Kopf fällt ihm in den Nacken.

Die Kellner haben die Tische abgedeckt und wieder eingedeckt und Lunch serviert und wieder abserviert. Sie bringen Kaffee und Kuchen, es muß schon nach Mittag sein.
Am Nebentisch sitzen alte Frauen, essen Torte, halten die Teller auf der flachen Hand, strecken den Kleinfinger ab, schweigen, horchen, warten, daß die Freunde weiterreden.

Der Physikfreund schnarcht, die Rothaarige blutet, die Lieblingsfreundin wippt, der Lieblingsfreund stöhnt, die Freundin hat den Kopf auf der Tischplatte festgelegt, der Arztfreund kratzt sich Mückenstiche auf.

Die Sonne steht über der Terrasse, der Markisenstoff knistert, die Eisenstangen knacken, der Zuckerguß der Torten, die auf den Servierwagen neben den Frauen stehn, reißt.
Die Frauen essen, schweigen, versinken in ihren sandigen Lebensgeschichten, knirschen.
»Spatzen«, sagt die eine, die mich an eine andere erinnert, und wirft mit Kuchenresten um sich.
»Katzen«, sagt die andere, wirft auch und erinnert mich auch. Wie mich jede und jeder erinnert, bis mir keine und keiner mehr erfunden vorkommt, bis ich keine Luft mehr kriege, weil kein Platz mehr ist, mich nicht zu erinnern, weil mein ganzer leerer Raum zuerinnert ist.
»Kratzen«, sagt die eine, die mich an eine andere erinnert: Verbissen und verzahnt in ihre Überlebenskrämpfe, unter das Joch ihrer Nullpunkte gebeugt, mit achtundfünfzig aus dem Stand erstickt.
»Schmatzen«, sagt die andere, die mich an eine wieder andere erinnert: Verhältnis mit dem Gasmann, dem Wolfshund, dem Ohrensessel, über Nacht vertrocknet in den Armen eines alten Farns. Eine

Schliere weichgewordenen Zuckergusses klebt ihr an der Unterlippe. Sie öffnet den Mund falsch herum, stößt einen Heuler aus, die andere stößt einen zweiten Heuler aus, der letzte Heuler kommt von der einen.

Ich habe Hunger, sagt die Freundin und hält sich den Kopf.

Mit Hunger und Durst und sexuellem Verlangen hat der liebe Gott den Menschen gegen die Leere schluckgeimpft, danach hat er sich die Hände gewaschen und sich unwiderruflich verpißt, sagt der Arztfreund und kratzt sich jetzt überall.

Die Klosterglocken schlagen, rufen zur Andacht.

Der Abend kommt schnell, sagt der Lieblingsfreund und stöhnt, *er kommt immer schneller, als ob er sich entkommen wollte.*

Geh dich wickeln, sagt der Physikfreund zu seiner Rothaarigen, zieht sie hoch und gibt ihr einen Klaps, so daß die sprachlos und blutig Richtung Zimmer läuft. *Paarvernichtung, nennt man das in der Physik,* sagt er und starrt ein Loch in den Terrassenboden, *ein Elektron und ein Positron, die sich nähergekommen sind, sind sich zu nah gekommen und vernichten sich gegenseitig.*

Die Abendweiber hasten an der Hotelterrasse vorbei, den Berg hinauf, zu ihrer Kirche, haben Wolltücher über die Jacken geworfen, ziehn sie fest um die Schultern, haben den Kopf im Nacken und das Kreuz in der Hand.

Die Szene muß realistisch bleiben, lallt die eine Freundin und versucht, den Schampus mit Wein niederzutrinken.
Es gibt Dinge, die immer geschehen und nie sind, lallt der eine Freund –
Das Stück ist abgespielt, lallt die andere Freundin.
– *und es gibt Dinge, die immer sind und nie geschehen,* lallt der eine Freund –
Alles kommt untern Radiergummi, lallt der andere Freund.
– *und dann gibt es noch Dinge,* lallt der eine Freund, *die immer sind und immer geschehen.*

Der Ort, der Platz, die Stunde. Dieselbe Bar, derselbe Tisch. Jeder hat seinen Stuhl.
Die Sonne ist unter, Neon zieht auf. Verschwitzte Touristen brodeln auf der Platzplatte.
»Bier!« brüllt der Fleischnacken am Nebentisch und zieht sich die verbrannte Haut in Fetzen vom Gesicht. »Bier!« brüllt der Turmschädel. Fliegen, fette kleine Geschosse, nagen an seinem Hals.
Die Autos fahren im Kreis wie jeden Abend, die Kellner schleppen Getränke, haben Pferdeschwänze und Raubtiergesichter wie sonst.

Die Frau kommt auf den Platz, die Autos hupen, stoppen, bleiben stehn.
Die Frau knöpft die Jacke auf, der Ring blitzt, die Autos fahren wieder an.

»Bier!« brüllt der Fleischnacken, »Bier!« brüllt der Turmschädel.
»Krieg!« brüllt der Fleischnacken, »Fick!« brüllt der Turmschädel. Das Gebrüll greift über, brüllt sich von Tisch zu Tisch. Der ganze Platz brüllt Krieg und Fick.
Bierflaschen werden geworfen. Treffer. Bier spritzt. Blut spritzt. Die Frau geht in die Knie.
Das Gebrüll findet seinen Rhythmus, das Bild verschwimmt, gerät aus den Fugen, der Platz dehnt sich aus, die Autos biegen in die Zufahrtsstraßen ab.
Der Rhythmus reißt von den Stühlen, reißt die Beine weg, reißt mit. Dem Blutklumpen wird das Kleid abgerissen, Nägel ab, Haare ab, Ohren ab. Fleisch flatscht, Knochen knacken, Därme platzen. Die Gemeinsamkeit ist grenzenlos.

Die Autos fahren wieder auf, die Kellner bedienen weiter, die glückliche Stunde hängt in einer Endlosschleife fest.

Die Bücher von Ulla Berkéwicz im Suhrkamp Verlag

Josef stirbt. Erzählung (1982)

Michel, sag ich (1984)

Adam (1987)

Maria Maria. Drei Erzählungen (1988)

Nur Wir. Ein Schauspiel (1991)

Engel sind schwarz und weiß. Roman (1992)

Mordad (1995)